劇場版 CITY HUNTER シティーハンター
新宿 PRIVATE EYES プライベートアイズ

設定資料

冴羽獠のコルトパイソン
（パイソン 357 4inch）

冴羽獠のミニクーパー（外観）

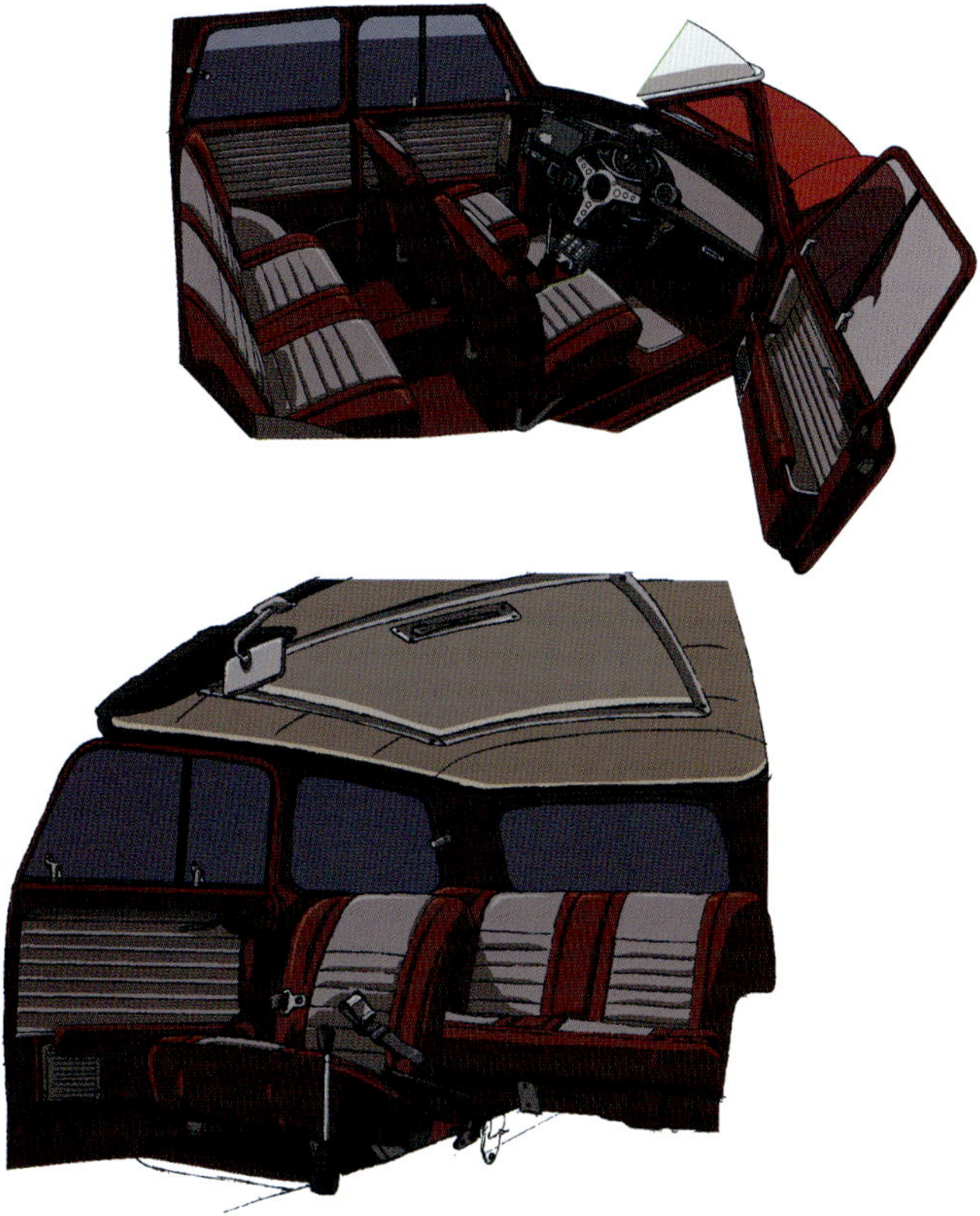

冴羽獠のミニクーパー（内装）

小型ドローン（正面）

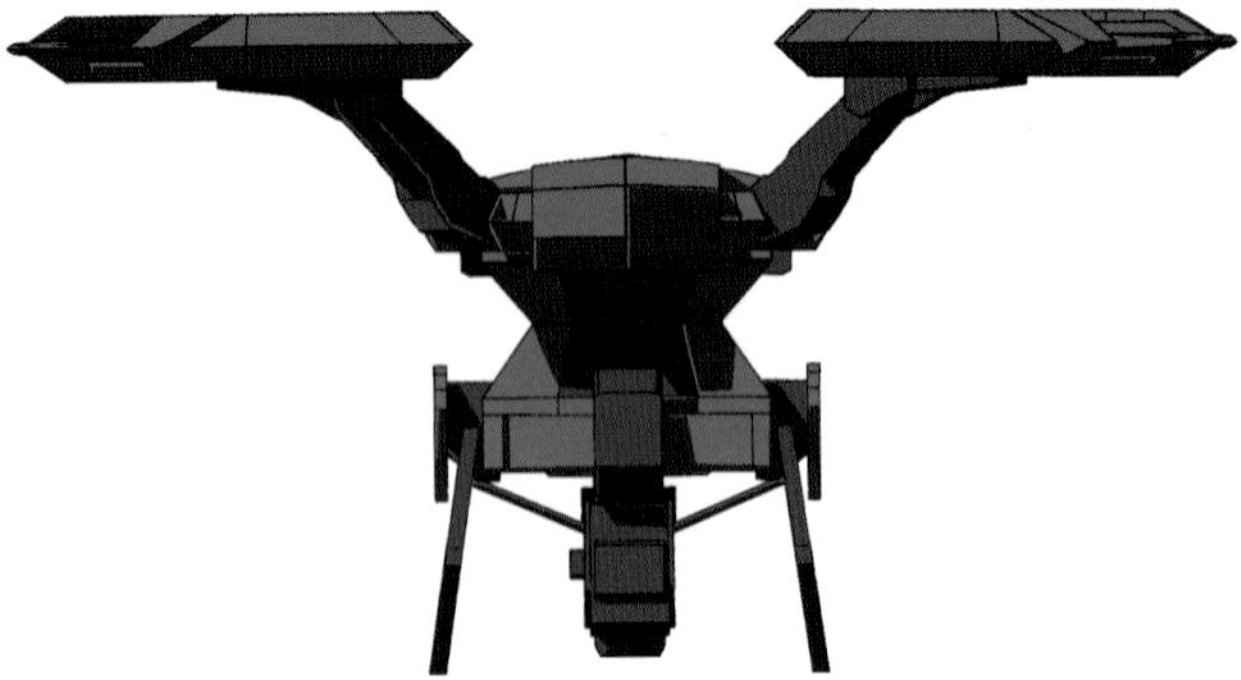

小型ドローン（背面）

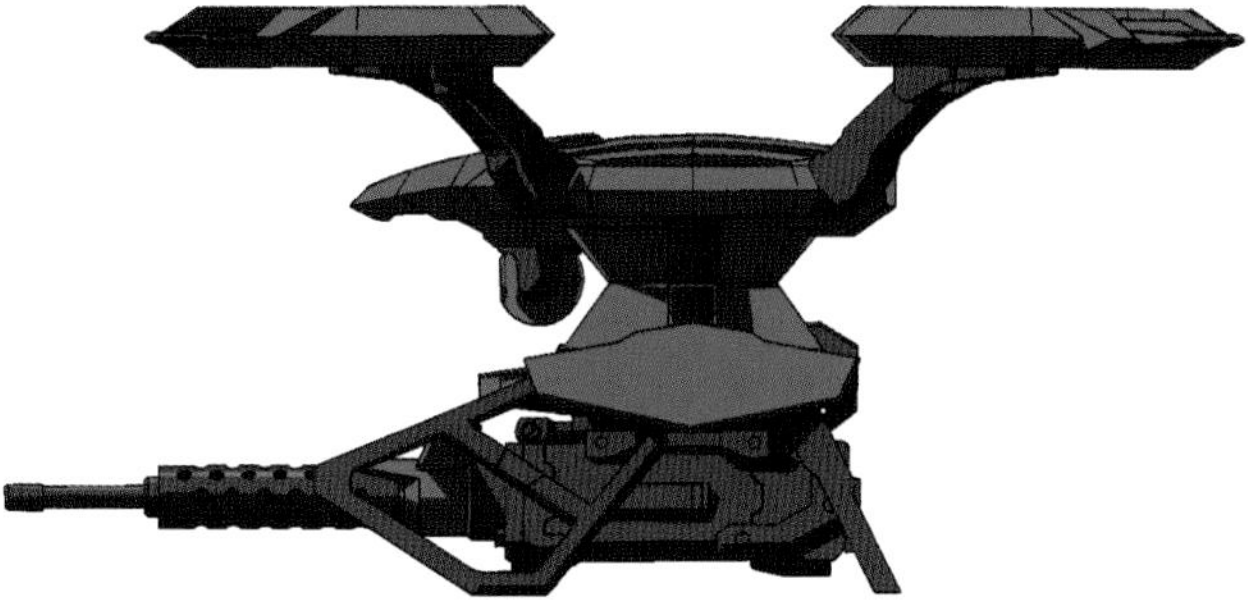

小型ドローン（左右側面）

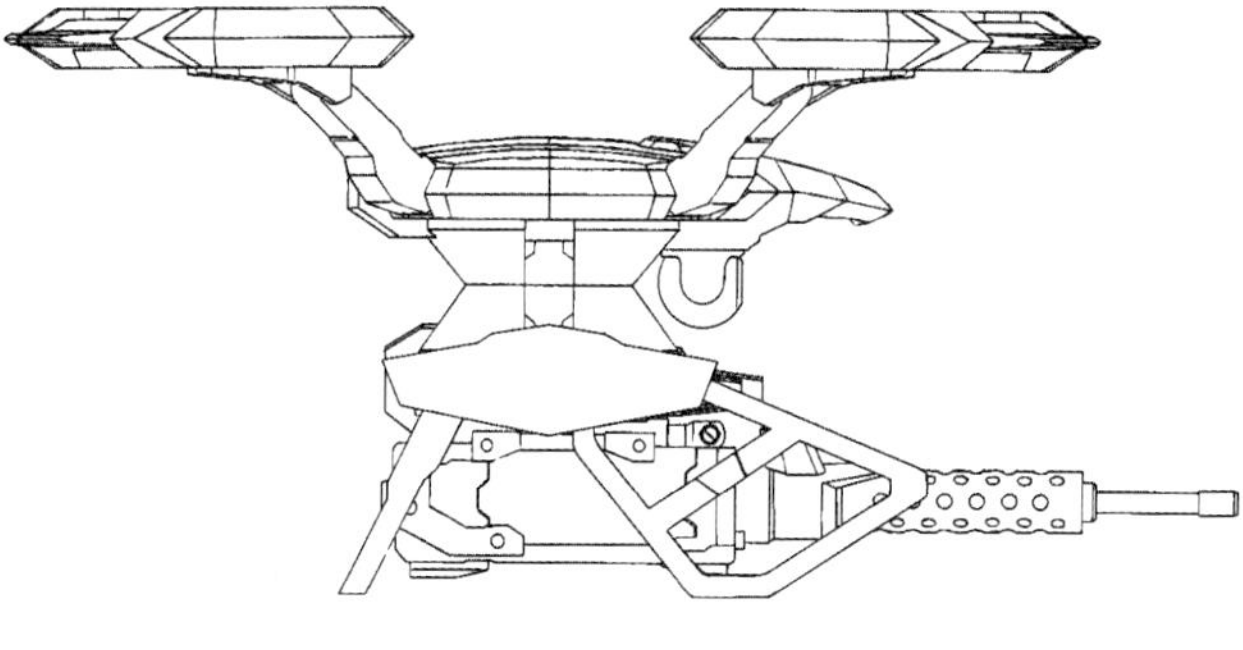

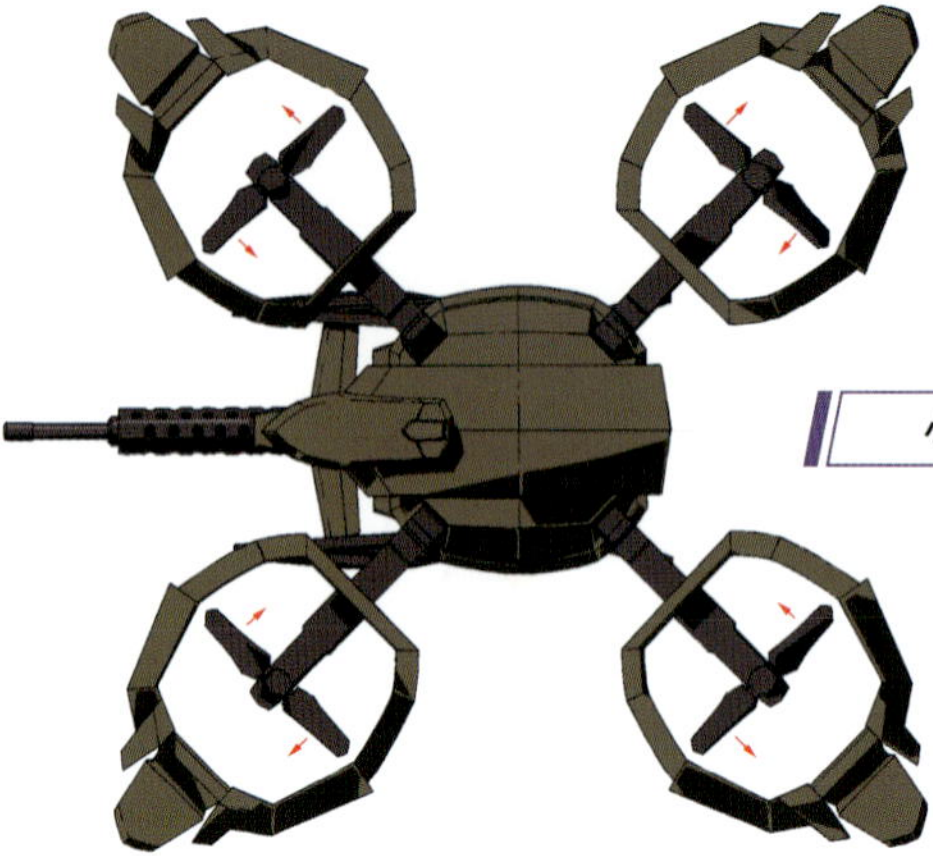

小型ドローン（天面）

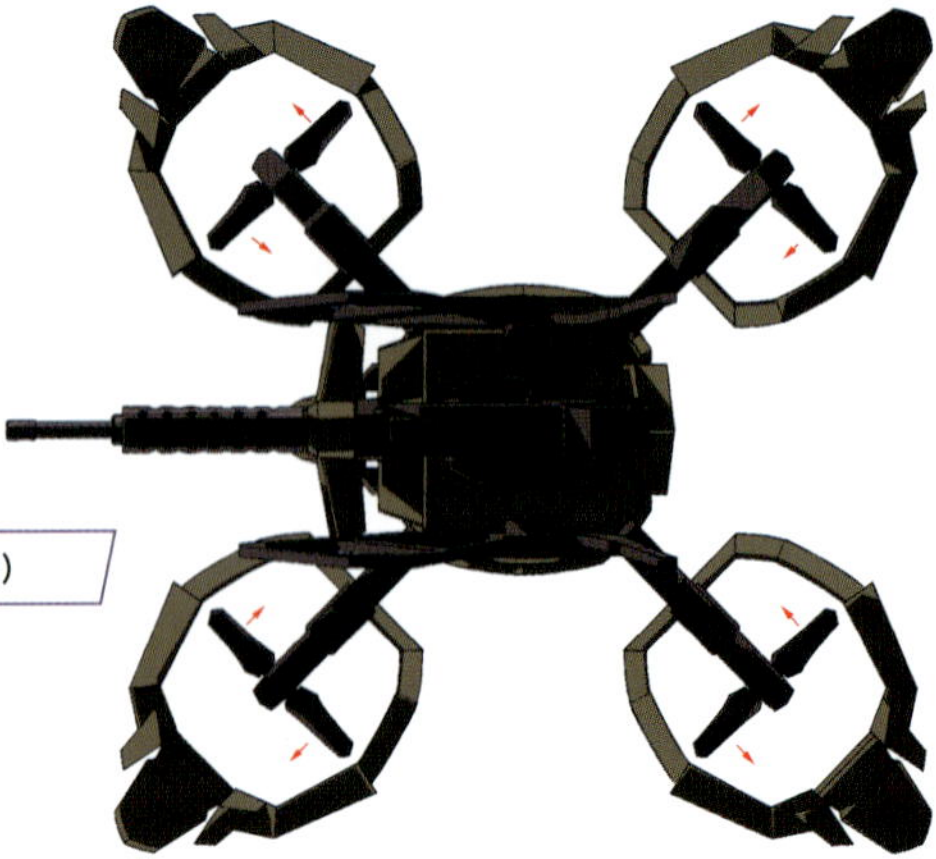

小型ドローン（底面）

クモ型ドローン

鋼の死神

徳　間　文　庫

劇場版シティーハンター
〈新宿プライベート・アイズ〉

公式ノベライズ

原作　北　条　　司
脚本　加　藤　陽　一
著者　福　井　健　太

徳　間　書　店

目次

プロローグ

首都高速湾岸線――横浜市金沢区と千葉県市川市を結ぶ「湾岸道路」は、全国屈指の交通量を持つ大動脈である。一九九四年に都内の全区間が開通した後、二〇一八年には東京外環自動車道との接続が完了し、その利用者はさらに増えつつある。観光地やテーマパークに向かう渋滞は日常の光景だ。

夜明け前の湾岸道路を乗用車が走っていた。眼鏡をかけた几帳面そうな中年男は、切迫した表情でアクセルを踏み込んだ。バックミラーには追跡者の黒い車が映っている。わざと車間距離を保って圧力をかけているらしい。

男はダッシュボードに視線を移した。スタンドで固定されたスマートフォンには、彼と妻と幼い娘の写真が映っている。幸福な時代の記録。こんな境遇になるとは考えもしなかった頃だ。

やるせない想いで顔を上げると、目の前にタンクローリーが迫っていた。男が急ブレーキをかけた。車は斜めに滑ってガードレールに接触し、大きく傾いて横転した。ラジエーターから煙が漂い、やがて激しい炎が吹き上がる。道路に投げ出されたスマートフォンの割れた画面が明滅し、力尽きたように真っ暗になった。

ほどなく黒い車が停まり、助手席のドアが薄く開いた。指輪を嵌《は》めた男の手が突き出され、奇妙な胝《たこ》のある指がスマートフォンを拾い上げる。燃え続ける乗用車をその場に残し、黒い車は悠々と走り去った。

第一章　狙われた女

1

「――本当に狙われてるんだってば！」

進藤亜衣《しんどうあい》は机をばんばんと叩いた。無造作に緩《ゆる》く束ねた髪が小さく揺れた。年齢は二十歳くらい。化粧気は薄いものの、整った面差《おもざ》しが素材の良さを感じさせる。サングラス越しにも怒りのほどは明らかだった。

「嘘だと言ってるわけじゃ……」

対面席に座っていた線の細い私服警官は、剣幕に押されて言葉を濁した。警視庁の事情聴取室という場所柄、立場が逆に見えなくもない。

「相手は誰です？」

「それを突き止めるのが警察の仕事でしょ！」

「取り越し苦労ということも……」

「もういい！　後悔するのはそっちだからね！」

これでは埒《らち》が明かない。亜衣は憤然として部屋を出た。

「絶対あたし、襲われたり攫《さら》われたりするんだから！」

不穏な台詞《せりふ》を口走りながら廊下を進んでいく。すれ違った眼光の鋭いショートボブの美女——特捜部刑事の野上冴子《のがみさえこ》はその背中を見やり、しばし思案げな表情を浮かべていた。


東京メトロの桜田門駅に潜《もぐ》り、有楽町線と丸ノ内線で新宿を目指す。誰かに見つかる可能性は低いものの、慎重であるに越したことはない。

ＪＲ新宿駅の東口を出た亜衣は、階段に向かう人々の列を横切り、地下の壁に設置された広告用パネルに近づいた。スマートフォンを取り出してかざすと、手元の画面に古風な伝言板が表示される。リアルのそれは絶滅して久しいが、位置情報に連動するアプリケーションは普及していた。

「エックス、ワイ、ゼット……」

指で「XYZ」と書いて送信ボタンを押し、柱にもたれて暇潰し用のゲームを起動する。惰性でプレイしながら周囲を窺《うかが》うものの、それらしい相手は見当たらない。声をかけてくる者もいなかった。

亜衣がスマートフォンをポケットに収めたのは、メッセージを書き込んでから約一時間後のことだった。

「別にわかってたし。あんな話、信じるわけないじゃん」

警察には取り合ってもらえず、都市伝説はまったくの嘘。騙された自分が腹立たしい。余計なことで一日を無駄にしてしまった。

階段から地上に出た。空はすでに薄暗い。駅ビル前の歩道を行き交う人々の向こうに、派手に光る看板とビル壁面の大型ビジョンが見える。アイドルグループのプロモーションビデオを流しているらしい。

暦の上では春になって久しいが、まだ夕方は肌寒い。ジャケットのボタンを留めて歩道に出ると、右手の交番が目に入った。亜衣は不機嫌な顔つきになり、己を奮い立たせるように宣言した。

「自分の身は自分で守る！」

亜衣は家電量販店の看板を見上げると、駆け足で横断歩道を渡った。人気《ひとけ》の少ない路地裏に入り、スマートフォンの検索窓を開いて、

「防犯グッズを買わなきゃ。なんて名前だっけ……」

慣れた手つきで文字を入力する。その背後に二人の男が迫っていた。

男の一人がスタンガンを取り出し、バチバチと火花を散らした。気配を感じた亜衣はとっさに振り向き、サングラスを押し下げて二人を見た。

「あ、それ。スタンガ……」

反射的に身を守ろうとするが、二人は手の届く位置に達していた。走っても逃げきれそうにない。

「…………！」

亜衣がはっと息を飲んだ瞬間、思いがけない闖入者《ちんにゅうしゃ》が現れた。

赤いシャツと空色のジャケットをまとった大柄な男が、ジャンプして路地の壁を走り、宙を舞うように割り込んできた。スタンガンを蹴り飛ばして着地し、腹にキックを見舞って相手を気絶させる。一瞬の出来事だった。

「きさま！」

残った男は拳を構えるものの、闖入者はポケットに両手を入れたまま、頭部にハイキックを食らわせた。男はその場に倒れ込んだ。

「ＸＹＺ――確かに後がなさそうだ」

闖入者は深刻げに言い、スマートフォンを掲げてみせた。

「俺を呼んだのは君だろ？」

「えっ!?」

亜衣は信じられない思いでその、その名前を口にした。

「シティー……ハンター？」

「ああ、冴羽《さえば》獠《りょう》だ」

突然のことに思考が追いつかない。獠は爽やかな笑みを浮かべて、

「お嬢さん、名前を教えてもらえるかな」

「……進藤亜衣」

亜衣はサングラスを外し、意志の強そうな目を獠に向けた。街灯に照らされた清楚な素顔を見た瞬間、獠はいきなり奇声を上げた。

「にょほ〜!!」

「ええっ!?」

獠はしまりのない顔で唇を尖《とが》らせ、亜衣にぐいぐいと迫っていく。そこへ女の声が飛んできた。

「時代の空気を読まんかーい!」

獠の体が水平に飛び、壁に激突して路上に落ちた。スキニーデニムを穿《は》いたショートカットの女——槇村《まきむら》香《かおり》が跳び蹴りを活用した一幕だった。

「いきなりなにしてんじゃい! 大事な依頼人に!」

ダメージに体をひくつかせる獠。怒り心頭で説教を続ける香。二人を交互に見やりながら、亜衣は呆れ顔で呟《つぶや》いた。

「なんなの、この人たち」

2

亜衣が獠と香に案内されたのは、三角屋根の小綺麗《こぎれい》な喫茶店だった。開放感のあるガラス窓が歩道と車道に面しており、その対岸には公園が見える。入口には「CAT'S　EYE」の看板が置かれていた。

玄関扉の正面には十四人が座れるカウンターがあり、その左右にはテーブル席がL字型に四つずつ置かれている。他の客はいないようだった。

三人が店内に入ると、カウンターの手前に身長一メートルほどの人型ロボットが立っていた。丸い頭はてかてかと光り、顔の液晶にはつぶらな瞳が表示されている。

「ヨウコソ、キャッツアイへ」

ロボットが合成音声を発し、獠は腰を屈《かが》めて話しかけた。

「ちょっと見ないうちにずいぶん縮んだな、海坊主」

「ハッ、そんなガラクタと一緒にするな」

カウンター内でコップを拭きながら、エプロンをつけたサングラスの大男が面倒そうに言った。頭は完全に禿《は》げ上がり、鼻の下には黒い髭《ひげ》を蓄えている。喫茶キャッツアイを営む海坊主こと伊集院隼人《いじゅういんはやと》だった。

「好きで置いてるんじゃない。美樹《みき》がな」

「宣伝のために置かせてほしいって言われたの」

エプロン姿の長髪の美女がカウンターの奥から現れた。海坊主のパートナーの美樹である。

「へえ、よろしくな。海小坊主《うみこぼうず》」

獠はロボットの頭をぺちぺちと叩いた。

「やめろ」

海坊主はかすかに眉をひそめた。獠が悪戯《いたずら》を続けようとすると、美樹が客席の上にあるテレビに目をやった。

「この人の会社が作ったのよ」

テレビでは情報番組が流れていた。スーツ姿の男と「独占密着　米国帰りの若き天才　次なる舞台とは」というテロップが映っている。端整な顔立ちの二枚目で、涼しげな眼差しと落ち着いた物腰が有能さを感じさせた。

「――メディアや通信、ロボット事業など、様々な分野で躍進するドミナテック。そのトップが御国真司《みくにしんじ》CEO、二十六歳」

ナレーションがそう紹介した。つまりは新興企業の経営者らしい。

「ここからです。うちの技術で世界が変わります」

テレビの中の御国がそう断言すると、亜衣がぽつりと疑念を口にした。

「シティーハンターって、ああいうビシッとした感じじゃないんだ……。本当に大丈夫？」

獠は取り合わずにテーブル席に座った。香は慎重に言葉を選びながら、

「ああ見えて獠のやつ、スイーパーとしての腕だけは確かなの」

「スイーパー？」

「街の悪い奴らを掃除する始末屋」

香は簡潔にそう説明したが、亜衣の疑わしげな様子は変わらなかった。

「――で、いつ頃から狙われてるの？」

三人がテーブルを囲んで席につくと、香はおもむろに質問を始めた。亜衣は警察で話したことを思い出しながら答えた。

「先月。うちの中が荒らされて、その後ずっと尾《つ》けられてる」

泥棒にしては家捜《やさが》しが徹底的だった。襲われたのは今日が初めてだが、尾行の気配は何度も感じていた。なにかが動いていることは間違いない。

「警察には？」

「話しに行ったけど無駄だった。カツ丼も出なかったし」

「出ねえよ普通」

獠がすかさず突っ込む。亜衣は苛立《いらだ》たしげに顔をしかめて、

「警察は頼りになんないから、どうにかしてほしいんだよね。あたしを尾けてる奴らを」

香が即座に頷《うなず》いた。ボディーガードは冴羽商事の得意分野だった。

「学校とか仕事は？」

「一応、学生」

「狙われる心当たりはある？」

「わかんないけど……」

亜衣は窓の外に視線を投げた。

「先月、父親が交通事故で死んだの。それから狙われるようになった」

獠が真剣な顔つきになった。香はビジネスライクに尋ねる。

「お父さんはなにをしてた方？」

「……なにをしてたんだか」

亜衣はソファーに体を沈め、ゆっくりと天井を見上げた。

「十五歳の時、親が離婚してから一度も会ってない」

つまらなそうに答えながらも、その表情には憂いが籠《こ》もっていた。

「ま、とにかく亜衣ちゃんは運が良かった。俺は美女の依頼は断らない。亜衣ちゃんなら大歓迎」

獠が両手を頭の後ろに組み、不自然なほどに明るく応じた。拍子抜けした香が文句を言おうとした矢先、玄関扉の開く音がした。

「あら、いらっしゃい」

店を掃除していた美樹が迎えると、新たな客——冴子はつかつかと獠たちのテーブルに歩み寄り、亜衣に目配せをした後、獠に冷たい視線を注いだ。

「ちょっといいかしら？」

「はい？」

獠が怪訝《けげん》そうに応じた。冴子は感情を抑えた口調で、

「覚えているかしら。昨日の夜のこと」

「ん？　冴子との目眩《めくるめ》く夜の想い出があれば、忘れるはずはないんだが」

「そう」

冴子の体から怒気がじわじわと滲《にじ》み出した。

「繁華街のカーチェイスに数え切れない交通違反。器物損壊に発砲爆破。大暴れしたわよねえ？　私たち警察がどれだけ大変だったか、お・わ・か・り？」

自分の尻に迫っていた獠の手をつねりながら、冴子は能面のような顔で言った。

獠は痛みに悶《もだ》えながらも抗弁する。

「俺たちは依頼人を守るためにやっただけ！　あのテロリストも捕まえたんだろ？　警察からすりゃ儲《もう》けもんじゃねーか！」

新薬の研究者にボディーガードを頼まれた獠たちは、最終的に武装テロリストと戦うことになった。香がミニクーパーで誘導すると、テロリストは靖国通りを新宿駅の東口に抜け、歌舞伎町にロケットランチャーを撃ち込んだ。辛うじて着弾は阻止したものの、対戦車榴弾《りゅうだん》は空中で爆発し、映画館の屋上のゴジラヘッドが火を吹いた——という通報が警視庁に殺到したのである。

「だからってゴジラに火を吹かせることはないわよねえ！」

冴子は獠の耳を引っ張った。

「いててて！」

「この貸しは大きいわよ」

「あのなあ――」

猿は懐から帯のようなものを引き出し、見せつけるように振りかざした。猿のお手製の回数券だった。

「今まで、お前には百発の貸しがある！」

「………」

冴子は無言でスカートの裾《すそ》を捲《まく》り、太腿《ふともも》のガーターベルトに並ぶナイフの一本を抜き、目にも止まらぬ速さで一閃《いっせん》した。回数券は根元で分断され、ひらひらと冴子の手中に収まった。

「今までの借り、九十九発分で大目に見てあげる」

猿の指先には一枚分だけが残されていた。

「うお～ん、溜めに溜めてたのに～」

猿は涙目で悲痛な声を上げた。会話を聞いていた亜衣は茫然《ぼうぜん》として、

「今の九十九発って……」

「気にしないで大丈夫。あたしがついてるから」

香がフォローするものの、亜衣の不安は募るいっぽうだった。

「大丈夫じゃないでしょ、絶対」


その頃、豊洲埠頭《とよすふとう》ではある作業が進んでいた。

暖色の薄明かりに包まれたターミナルには、色とりどりのコンテナが整然と積まれていた。その一角に西洋人の男たちが集い、タンカーで届いたばかりの特殊コンテナをトレーラーに運んでいる。作業を監視していた髭面の巨漢は、特殊コンテナの中身を確認して不敵な笑みを浮かべた。

「来たか。鋼の死神」

積載が終わってシャッターが施錠され、トレーラーは首都高速を目指して動き出した。その前後には物々しい護衛車がついている。

周囲が静寂を取り戻すと、男は北西の空を見上げて呟《つぶや》いた。

「お前の戦場は――新宿だ」

3

営業を終えた喫茶キャッツアイの扉には「Ｃｌｏｓｅｄ」の札が下がっていた。

美樹はカウンターに頬杖《ほおづえ》をつき、食器を洗う海坊主を眺めていた。テレビには御国が映っている。ニュースキャスターにビジネス論を語っているらしい。

美樹は思い出したように口を開いた。

「亜衣さん、今日から獠の所に泊まるって」

「そうか」

海坊主はタオルで手を拭きながら応じた。

「ま、香がいるから大丈夫だろう」

二人で店内の片付けを済ませると、海坊主は明かりのスイッチを切った。

その数秒後、店の隅でロボットが作動音を立てた。目を鈍く光らせ、新しく覚えた単語を噛み締めるように発声する。

「……ウミコボウズ」

「ほう」

海坊主は意外そうにロボットを見た。

「ナイトビジョン搭載か？　ガラクタには勿体《もったい》ない代物だな」

「ウミコボウズ、ホメラレタ」

ロボットがそう反応し、海坊主はやれやれと首を振った。


獠と香の住むサエバアパートは、新宿副都心に通じる幹線沿い——アパートやテナントの中層ビルが密集した一角に建っている。街路樹の並ぶ歩道と広い車道に面し、左右を五階建てのビルに挟まれたごく普通の建物だ。地上七階と地下一階の構造だが、殆《ほとん》どの階は使われておらず、六階と七階が冴羽商事の事務所兼住居になっている。

シャワーの音が遠く響く中、獠と香はリビングルームのL字型ソファーに座っていた。床は全面フローリング。一段低いスペースにはローテーブルがある。左右の壁には絵が飾られており、テレビとオーディオの電源はオフになっていた。

無言で缶ビールを飲む二人の間には、駆け引きの緊張感が漂っていた。

「――ああ、美味《おい》しい！」

一息で缶ビールを空にした獠は、大声でそう言って腰を浮かせた。

「もう一本持ってこようかな」

「はい」

香が用意していた缶ビールを投げ、獠はそれを片手で受け取った。

「サンキュ……」

しばしの沈黙。

「あ、グラス持ってこようかな」

「はい」

香がグラスを投げる。ぱしっとキャッチする獠。

「サンキュ……」

獠はビールをグラスに注ぎ、一口だけ飲んでテーブルに載せた。

「トイレ行ってこよっと」

香の醒めた視線を浴びながら、獠はリビングを後にした。

「ちょっと飲みすぎちゃったなあ」

後ろ手にドアを閉めて廊下を曲がり、トイレの先にある仕切りのカーテンから脱衣所に侵入すると、バスルームの生々しい水音が聞こえてきた。

獠は一瞬だけドアに目をやり、そそくさと脱衣籠の下着を漁《あさ》り始めた。戦利品を存分に堪能してから、改めてドアのほうに忍び寄って、

「シャワーという名の雨に、獠ちゃんもレッツ打たれちゃいま〜す！」

「――あたしが撃ってあげようか？」

カーテンが音もなく開いた。香が獠の後頭部に押し当てたのは、かつてアメリカ警察用に開発された愛銃――コルト・ローマンMk.Ⅲだった。

「シャワー、ありがとうございました」

濡れた髪をタオルで拭いながら、パジャマ姿の亜衣が客間に戻ってきた。客間は香の部屋と兼用になっている。部屋の隅にはベッドがあり、その横には三面鏡と箪笥《たんす》、窓際にはソファーが置かれていた。

「おかえりー」

香が雑誌を読みながら応じると、亜衣は注意深く部屋を見回した。監視カメラや盗聴器があるかもしれない。

「アイツは？　静かでも逆に怖いんだけど」

「ぬかりはないわ」

香はきっぱりと断言した。亜衣には知る由もなかったが、香は獠に布団を巻きつけて鎖で縛り、リビングのソファーに放置していた。

「疲れたでしょう。休んだほうがいいわ」

香は促すようにベッドを見た。来客時には折り畳み式のソファーベッドが香の寝床になる。これは長年の決まり事だった。

「ちゃんと守ってあげるからね。おやすみ」

香が優しく語りかけ、亜衣はおとなしくベッドに入った。家が荒らされた先月以来、久々に落ち着いて眠れそうな気がした。

二人が眠りについた数時間後。サエバアパートの前に集《つど》った五人の男たちは、鋭い眼光で六階を睨んでいた。

「女は傷つけるな」

リーダー格の男が命令を出し、五人は非常階段を音もなく駆け上がる。ピッキングで六階の扉を開け、廊下を抜けてリビングに押し入ると、薄暗い室内のソファーに人影らしきものが見えた。

侵入者たちはグロック17に弾丸を装填《そうてん》した。プラスチックを多用した軽量の自動拳銃だ。最初にリーダーが発砲し、それを合図に四人がトリガーを引く。射撃を浴びたそれに無数の穴が開き、周囲に綿が飛び散った。

室内が静まったことを確認すると、一人が部屋の明かりをつけた。

「――布団、弁償してもらうぜ」

背後に獠が立っていた。

「きさま！」

男は攻撃に転じようとするが、獠は相手の拳銃を奪って蹴りを叩き込んだ。他の四人も拳銃を構えるものの、獠は奪った銃を片手でくるくると回し、次々に撃ち落としていく。

その時、客間のほうから亜衣の声がした。

「冴羽さーん！」

「…………！」

獠はすかさずリビングを飛び出し、不要になった銃を捨て、短距離選手のようなフォームで廊下を疾走した。

「亜衣ちゃ〜ん、な〜にも心配いらないよ〜！」

次の瞬間、ロープに吊られた数本の丸太が獠の眼前に現れた。左右に振り子運動を続けるそれは、人間を昏倒《こんとう》させる威力を優に備えていた。振幅と高さはランダムに設定されている。

際どいタイミングで丸太を避《よ》け、廊下の中ほどに辿《たど》り着くと、材木の折れる音がして床板が抜けた。シンプルな落とし穴だ。獠はそれまでの加速とジャンプを活かし、辛うじて反対側に渡りきった。

「なんなのあれ……」

亜衣がそう訊《き》いた。廊下に出ていた香は気恥ずかしげに頭を掻《か》いて、

「もっこり男撃退トラップ」

「俺を殺す気か!?」

客間の前で獠が抗議していると、男たちが廊下に姿を見せた。リーダーが亜衣を見て声を上げた。

「あの女だ！」

男たちはトラップをかわして迫ってくる。すでに銃は持っていない。

「わかってないな」

獠は膝蹴りと肘打ちで一人目を片付けた。顔面へのパンチで二人目。前蹴りで三人目。腹への足刀で四人目。全員を倒すまでに十秒とかからなかった。

「——プロに喧嘩《けんか》を売るってことが」

力量の差は明白だった。男たちは一目散に退散した。

「何者なの？　銃を持って襲いにくるなんて」

香は驚きながらも気を引き締めた。アパートを狙われる可能性は考えたものの、武装集団の襲撃は予想外だった。

「みんなやっつけちゃうなんて……すごい」

亜衣の獠を見る目が変わっていた。信用できない部分はあるが、腕が立つのは事実のようだ。

「言っただろ。俺は天下一品の——」

そこまで口にしたところで、最後に残っていたトラップが発動した。天井から降ってきた金ダライが獠の脳天を直撃し、かーんという高い音を立てた。

「ぎゃっ！」

ふらついて倒れていく獠。一瞬の後、その顔は亜衣の胸に埋まっていた。

「助かったよ。ちょうどいい所にクッションがあって」

「わざとでしょ、絶対！」

香は獠を張り倒した。

4

そんな騒ぎがあった翌朝。ソファーベッドで目を覚ました香は、客間に亜衣がいないことに気付いた。

交戦とトラップの跡が残る六階を探すと、亜衣はキッチンで朝食を作っていた。折り畳み式の木製のテーブルには、丁寧に盛られたサラダが並んでいる。冷蔵庫の食材を適当に使っているらしい。

「守られるだけじゃ落ち着かないからさ。あたしが来たせいで、この建物もひどいことになっちゃったし」

亜衣がさばさばとした口調で言った。キッチンの被害は少ないものの、丸太と落とし穴は放置されていた。

「別にいいのに。罠を仕掛けたのはあたし。発動させたのは獠。亜衣さんが気にすることはないの」

修繕費が重いのは事実だが、少なくとも彼女に責任はない。これからは後先を考えてトラップを作ろう。香は心の中で溜息をついた。

「でもあたしが来なければ、あの連中が襲ってくることもなかったたし」

亜衣はフォークを手に取り、昨日からの疑問を口にした。

「……ていうかさ、香さんとアイツって夫婦？」

「は!?」

不意を突かれた香は珍妙な声を出した。

「なんでそんなことを？」

「カップル？」

「違うわよ！　ただの相棒、仕事のパートナー！」

取り乱す香を見て、亜衣はふふんと鼻を鳴らした。

「じゃあ、あたしが付き合っちゃおうかな」

「えっ？」

「……なーんて、んなわけないじゃん。あんな変態男」

香の反応を確かめた亜衣は、愉快そうに小さく笑ってみせた。

「だよねえ」

苦笑混じりにそう口にすると、香は別の話題を求めて視線を彷徨《さまよ》わせた。


遅めの朝食を済ませた後、亜衣の希望で外出することになった。

新宿駅南口から大きな階段を降り、交差点で信号を待っていると、商業施設の大型ビジョンにコンタクトレンズのＣＭが流れ出した。目の周りに指を当てた美女が大写しになり、商品名の「ｅｙｅｃｏｎｔａｃｔ」がアナウンスされる。

「あんな子とお知り合いになりたいもんだ」

横断歩道を渡りながら獠が呟いた。香が冷淡に無視するものの、獠は気にする素振りもなく、大型ビジョンを未練がましく見やっていた。

「で、こんな時にどこへ行くの？」

香がそう切り出した。正体不明の組織に狙われている以上、ガードしにくい場所はなるべく避けてほしい。

「昨日のトラップで廊下もグシャグシャになっちゃったし、稼ぐの」

「だからいいのに」

「あんだけの修理代、バイトじゃ稼げねーよ」

獠が横から口を挟み、香は大きく頷いた。廊下だけでも相当の出費になる。リビングの壁や床も銃痕だらけだ。

「馬鹿にしないでくれる?」

亜衣は威張るように手を腰に当て、背中のリュックを揺らしてみせた。

「あたし、体で稼げるんだから」

「か、体で?」

獠の脳裏に妄想が浮かび、スライドショーのように切り替わっていった。

線路沿いに代々木方面へ進んだ三人は、病院の角を右折してしばらく歩き、南新宿の小ぶりなビルに着いた。エレベーターを出て回廊を進み、看板の貼られたドアの前で立ち止まる。

亜衣の案内で中に入ると、通路の先からシャッターの連写音が聞こえてきた。

扇形の広い部屋だった。中央には壁で仕切られた三つのブースがあり、長身の美女やアイドル風の少女がカメラの前に立ち、それぞれの持ちポーズを披露している。殺風景なビルの外観からは想像もつかない光景だった。

数分後、浮かれる獠の首には革の輪が嵌められていた。首輪から伸びるリードは香がしっかりと握っている。危険を察した香の判断による対処だった。

「亜衣ちゃん、モデルだったの？」

獠がスタジオを見回しながら訊くと、亜衣は胸を張って答えた。

「まーね」

「道理で可愛いはずだ。……ぐえっ」

亜衣に触ろうとする獠を香が引き戻した。

「あたし着替えてくるから。大人しくしといてよね」

香はリードを持つ手に力を込めた。立ち去ろうとした亜衣は動きを止めて、

「完璧に繋《つな》いどく」

「ねえ、ソッコー消えてんだけど」

「えっ!?」

リードの先には首輪だけが残されていた。

香たちが焦っている頃、獠は通路の角に身を隠し、更衣室の閉じたドアを凝視していた。ドアの高さは天井よりも低く、上に二十センチほどの隙間が空いている。そこから女性たちの会話が漏れ聞こえていた。

「これこそが楽園中の楽園！　キングオブ女の園！」

獠は小型のドローンを床に置き、リモコンのレバーを操作した。四つのローターが回転して機体が浮上する。その下には盗撮用のカメラが吊られていた。こんな好機もあろうかと用意したものだ。

「遥かなるもっこりの秘境に向かって、今こそ飛び立て！　俺のドローン！　いや、エローンよ！」

ドローンは天井の近くを滑らかに前進し、隙間から室内へ侵入した。

「きゃあっ！」

着替え中のモデルたちはすぐに異変に気付き、部屋の隅に集まって手持ちの服で体を隠そうとした。ドローンは獲物を追いつめるように動き、カメラのレンズをじわじわと寄せていく。

その距離が数十センチに達した時、廊下で鈍い物音が響き、ドローンは壁にぶつかって墜落した。モデルたちは互いに目線を交わし、こわごわと更衣室のドアを開けた。

「天誅《てんちゅう》！」

香の制裁を受けてボロボロになった獠が、白目を剝《む》いて横たわっていた。

5

親指と人差し指で輪を作り、手首を返して両目に当てる。自信に満ちた仕草でポーズを決めた亜衣は、フラッシュを浴びながらキャッチコピーを口にした。

「――亜衣、コンタクト」

「いいねえ、その目！」

カメラマンが声をかけた。香がはっとして、

「これ、さっき見たよね。コンタクトのＣＭ！　亜衣ちゃんだったんだ！」

「なんと！　亜衣ちゃんにもっこりコンタクト！」

獠と香が驚いていると、スタッフの間でざわめきが起きた。

「なんかあったのかな？」

「さあねえ」

スタジオの入口が開き、スーツを着たサラリーマン風の男が入ってきた。広告代理店の社員だった。

「ドミナテックの御国社長がいらっしゃいました！　どうぞ！」

男が露払いめかして手を伸ばし、御国がスタジオに現れた。テレビに映っていたのと同じ、彫刻のように整った顔に薄く笑みを浮かべている。いかにもＶＩＰ

らしく、眼鏡をかけた痩身の秘書とボディーガードが左右に付き添っていた。

「やってますね」

御国が楽しげにあたりを見回し、代理店の男が亜衣を呼んだ。

「ほらほら、御挨拶を！」

「進藤亜衣です。はじめまして」

そのやり取りを見守りながら、香は内心で首を傾《かし》げていた。このスタジオと御国に関係があるのだろうか。

「なんであの社長が？」

「いま撮ってる素材を載せるファッションサイト、御国さんの会社がやってるんです」

近くにいたモデルがそう説明してくれた。有名人を目《ま》の当たりにして興奮しているようだった。

「へえ」

「いろんなサイトの運営に通信事業、それにＩＴ関連。なんでもやっちゃう総合企業のトップ!」

「しかも独身で浮いた話もなし!」

「ていうかあんた、金持ち情報に詳しすぎ」

モデルたちが口々に教えてくれる。御国は雑談のネタとしても優秀だった。

「このキャンペーンは亜衣さんでいこう——と決められたのは、御国社長なんですよ」

代理店の男は亜衣の前に立ち、何故か自慢げに早口でそう言った。

「あ、そうなんですね」

亜衣がそつなく応対すると、様子を見ていた御国が近づいてきた。

「ええ。自立した女性のイメージが合っていると思ったんです。期待していますよ。——氷枝《ひえだ》」

氷枝と呼ばれた秘書はすぐに意図を察し、胝のある指で胸ポケットを探った。

筆で描いたような細長い眉と目に感情はなく、唇も一文字に結ばれている。

御国は氷枝から自分の名刺を受け取り、それを亜衣に渡しながら言った。

「いつでも力になりますよ。……なにかあったら」

「ありがとうございます」

亜衣はぺこりと頭を下げた。

そばで会話を聞いていた香は、感心した面持ちで獠に話しかけようとした。

「できる人って感じだよね」

しかし返事はなかった。さっきまで隣にいたはずの獠は、スタジオの端にある通路で腰を屈め、いつの間にか回収したドローンを調整していた。

「ぐふふふ、リベンジリベンジ」

「エローン、やめろーん！」

香はカメラの三脚を獠に振り下ろした。

「ぎゃふ！」

「ん？」

なんの騒ぎかと視線を向けた御国は、驚きの表情で香の顔に見入った。

「……やっぱり！　爆走ハンマー女！」

「えっ？」

懐かしい呼び名だった。その言葉をきっかけとして、香の中で古い記憶と御国のイメージが重なった。

「もしかして……ひょろっち？」

「また会えるなんて」

御国が手を差し出し、香はおずおずと握手をした。

「ひょろっちが……御国社長？」

「どーゆーこと？」

獠が起き上がって尋ねると、香は宝物を見つけた子供のように答えた。

「幼馴染《おさななじ》みなの。小学生の頃の」

「マジ？」

「へえ！」

離れてやりとりを眺めていた亜衣は、好奇心から会話に加わろうとする。その時、スタジオに新たな人物が現れた。

「いや〜だ〜！」

圧倒的な存在感を放ちながら、ファッションデザイナーのコニータが大柄な体をくねらせて歩いてきた。性別以外はれっきとした女性である彼は、拗《す》ねるように拳を前後に振っていた。

「……ってなんで？　なんで御国社長!?　いや〜だ〜！」

「コニたん、どうしたの？」

モデルの一人が質問すると、コニータはくねくねと体を波打たせた。

「ウェディングドレスを着る子が来らんなくなっちゃったの！　インフルや〜だ〜！　やだやだ！」

それで状況は伝わった。急病で休んだモデルの代役を探しに来たらしい。

「緊急大募集〜！　アタシのドレスが似合う子〜！」

「はいはーい！」

「えっ、私も！」

「あっ、あたしも着たいな！」

三人のモデルが即座に名乗りを上げた。誰が着ても綺麗だろうと香は思った。

「えっと～」

迷いながら三人を見比べていたコニータは、不意に瞬きを繰り返すと、

「ん!? ちょっとあんた、どいてどいて！」

大股でモデルたちの横を通りすぎ、香の前で立ち止まった。

「ボン！　キュッ！　ボン！」

コニータはリズミカルに香の体を計り、有無を言わさぬ勢いで訊いた。

「あんた、お名前は？」

「槇村香……ですけど」

「オーケー香！　アタシのドレス着てちょうだい！」

唐突な話だった。香は激しく手を振って、

「あたしモデルじゃないですから！」

「いいの。この瞬間に、はい、モデル誕生～」

「無理ですっ！」

「お願いよ〜。コニたん、御国たんに怒られちゃう〜」

コニータが身を捩《よじ》らせて嘆願すると、二人の間に御国が割り込んできた。

「香さん、お願いです」

御国は香を正面から見つめて言った。

「ウェディングドレスを着ていただけませんか。幼馴染みの頼みです」


更衣室でウェディングドレスに着替えた香は、バージンロードを歩く花嫁のようにスタジオを進み、周囲の視線を一身に浴びて撮影ブースに立った。

「こっち見て！」

カメラマンの指示が飛び、香は次々にポーズを変えていった。自然体でリクエストに応えるうちに、所作が少しずつスムーズになり、生き生きとした表情が増えていく。

「香さん、すごく綺麗！」

亜衣が目を輝かせた。コニータやモデルたちが歓声を上げ、獠は無言でなりゆきを見守っている。フラッシュの点滅とシャッター音が続き、香がカメラに向き直った瞬間、御国ははっと目を瞠《みは》った。

一通りの撮影が済んだところで、パソコンのモニターに合成画面が流された。グリーンバックに立つ香の背景が花畑に変わり、無数の花びらが舞う。完璧なプロモーションビデオだった。スタッフと観衆の間で喝采が湧いた。

「香さん、すごく綺麗！」

亜衣は同じ台詞を繰り返した。

「最高！　あなたのおかげね、社長〜！」

コニータが御国に抱きつこうとする。氷枝がおもむろにそれを遮った。

「御遠慮を」

データのチェックが終了し、スタッフの撤収が始まると、胸にブーケを抱えた香にカメラマンが話しかけた。

「お疲れさまです。助かりました」

「ありがとうございました」

深々と礼をする香。誰からともなく盛大な拍手が起きた。

ブースを出てようやく緊張が解けた香は、御国の前を足早に横切り、照れくさげに獠に問いかけた。

「どう？」

「どうって？」

獠はぱちぱちと瞬きをして、素っ気ない態度で応じた。

「いつもと変わんねえんじゃん？」

「…………！」

香はぴくりと肩を震わせ、足音を響かせながら通路に消えていく。

「うわ～。うわうわ～」

コニータが非難するように獠を指差し、亜衣は獠を睨みつけた。

「あんた最っ低」

しかし当人は悪びれることもなく、不思議そうに佇《たたず》むばかりだった。

「ったく、なんなのよ」

私服に着替えてスタジオに戻った香は、一人で帰ろうと荷物をまとめていた。

苛立ちはまだ収まらず、自然に肩を怒《いか》らせてしまう。ボディーガードは獠に任せれば大丈夫だろう。

「――香さん」

呼び止められて振り返る。御国が立っていた。

「今日の私は運がいい。おかげでうちのサイトがとても華やかになります」

「華やかなんて、そんな」

「それになにより、こんなに美しいあなたと再会することができた」

御国は一分の衒《てら》いもなく言った。聞き慣れないストレートな賛美に、香は戸惑いながらも微笑《ほほえ》んでみせる。

「そんな……ありがとうございます」

「お礼に食事を御馳走《ごちそう》させてください。今夜これから」

「えっ」

それとなく様子を窺うと、獠は素知らぬ顔で亜衣と話していた。香は聞こえよがしに声のボリュームを上げた。

「それじゃあ、ぜひ。せっかくの再会ですし」

「良かった。あちらは？」

御国は獠のほうを見た。香は意に介さずに答える。

「あー、アレはいいんです。気にしなくて」

「アレ……」

亜衣が呆《あき》れ顔で肩をすくめた。御国は会話を続けようとして、ふと獠の足下のドローンに目をやった。

「あ、それもいいんです。アレが覗《のぞ》きに使ってた奴なんで」

そう説明して香は情けなくなった。御国はふっと息をついて、

「うちの会社のドローンです」

「えっ」

よりによってドミナテックの製品を悪用したとは。香が対応に困っていると、

御国は遠くを見るような顔つきで言った。

「私もよく考えるんです。ドローンのこれまでにない使い方をね」

6

アパートに戻ってスーツに着替えた後、香は西新宿の高層ホテルを訪れた。ビジネスマン風の人々が集うロビーを抜け、大きな鏡とランプで装飾されたエレベーターに乗り、落ち着かない気分で最上階のレストランに入る。ウェイターに名前を告げると、御国は先に着いているようだった。

「――わあ！」

案内されたのは夜景が一望できる特等席だった。青く光るビル群と無数の赤いライトが、凪《な》いだ海のような風情を感じさせる。御国は外を見ようともせず、興奮する香をにこやかに眺めていた。

ソムリエがシャンパンの栓を抜き、二人のグラスに注いで立ち去った。

「奇跡の再会に」

「乾杯」

二人は軽くグラスを合わせた。香はシャンパンで唇を湿らせて、

「御国さんがひょろっちだなんて、全然わかりませんでした。ニュースでは何度も見ていたのに」

「わかるはずがありませんよ。なにもかもが変わりましたから」

御国は窓に映る自分と向き合った。

「アメリカの大学にいた二十歳の頃、会社を興したんです。私を買ってくれていた人間の後押しでね」

「留学されていたんですね。それも知りませんでした」

「海外で研究をしたかったんです」

御国はそこで少し間を置いた。

「昔からの考えを論文にしたところ、幸いにして支援者が現れました。利用価値があると判断されたんでしょう。こちらとしても願ったりでした」

「それにしたって、六年でこんなに大きくしたってことですか、すごい!」

有力なスポンサーを得られたにせよ、本人に才覚があったことは疑いない。香は幼馴染みの変化に驚くばかりだった。

「香さんは今なにを? 今日の撮影にもお仕事でいらしたんですよね?」

「ちょっとお手伝いで、亜衣さんの付き添いを」

さすがにボディーガードとは言えない。そこは曖昧にごまかすことにした。

「ああ、あのモデルさんの……」

「御国さんのお気に入りなんですよね?」

「たまたま顔を目にする機会があったんです。ファッションサイトのイメージに合っていると思いましてね」

「へえ」

「うちは今がまさに勝負所です。世界的な企業になれるかどうか、新しい扉に手をかけたところで」

御国はグラスをテーブルに戻し、両手の指を組んで言った。

「私は何度もあなたに助けてもらった。おかげで大事なことを学びました」

「そんな……」

香は返答に詰まって手を振った。

「今も昔もやってることは同じ。あたしは進歩してないかも」

「──香さん」

御国はテーブルに身を乗り出した。

「あの頃とは違う、今の私を知ってほしい」

「………」

「それに──知りたいです。今のあなたを」

御国は真剣だった。その勢いに圧倒されながらも、香は初めて会った時のことを思い出していた。

＊　＊

眼鏡をかけた痩せぎすの少年――小学四年生の御国は、新宿の児童公園のベンチで航空力学の入門書を読んでいた。大人には難しいと言われたが、内容の大半は読み取れる。数式もいずれ理解できるはずだ。

ページを半分ほど読み進めたところに、三人の同級生たちが現れた。学校でも札付きの悪ガキ連中だった。

「またいるぜ、ひょろっち」

「頭いいって見せびらかしてんのかよ？」

御国が無視して本に集中すると、一人がいきなり本を奪い取った。

「あっ」

御国はゆっくりとベンチから立ち上がった。

「お、やる気か？」

相手は身構えて挑発するが、御国は平然と三人を観察していた。この冷静さも絡まれる理由の一つだった。

「返してくれないか。君たちには必要ないものでしょ」

御国が毅然《きぜん》として言い、三人はそれを馬鹿にされたと解釈した。

「いいとも、返してやるよ。——二つに増やしてな」

一人が本を引き裂こうとする。その瞬間、少女の怒声が降ってきた。

「そこのお前たちーっ！」

「…………！」

三人がぎょっとして横を見た。御国もそちらに目を向ける。全速力で駆けてきたのは、眉を逆立てた小学二年生の香だった。

「やめなさーい！」

「げっ！　爆走ハンマー女だ！」

「やべえ！」

香は浮き足立った三人の間に割り込み、直角に曲げた右腕を一人の喉元に引っかけた。相手の体が宙に浮き、後方に数メートル飛ばされ、後頭部から着地して地面を削る。界隈の子供たちが恐れる必殺技——カオリハンマーだった。

「…………」

攻撃を受けた子供は喋《しゃべ》る気力もなく、手をついて立ち上がった。香はすかさず次の攻撃に移ろうとする。

「あれを食らったら死ぬぞ！　逃げろーっ！」

三人は本を投げて公園を後にすると、住宅地の中へ消えていった。香は仁王立ちでそれを見送った。

「二度と来んなー!!」

「…………」

御国は好奇の眼差しを香に注いだ。香は本を拾って砂を払い、御国の前にさっと差し出した。

「はい。もう大丈夫だよ」

「強いんだね。羨ましい」

御国は眼鏡を直しながら言い、手を伸ばして本を受け取った。

「ううん。あいつらに意地悪されても堂々としているあんたも強いよ」

香が明るくそう告げると、御国は嬉《うれ》しげに口元を綻《ほころ》ばせた。

＊　　＊

香が回想に耽《ふけ》っている頃、少し離れたテーブルには獠と亜衣の姿があった。柱に遮られて香と御国からは見えないが、亜衣は彼らの挙動を監視できる――そんな絶妙の位置関係だった。

メニューで顔を隠した獠はひどく不満げだった。

「なんでこんなことに興味あんだよ？」

「むしろなんであんたは興味ないわけ？」

今をときめく青年実業家との運命の再会。こんな物語は滅多にない。この機会に一部始終を見届けるのだ。

「これ完全にシンデレラストーリーの始まりでしょ」

「はいはい」

「興味ないなら帰れば」

「あのねえ、俺、君のボディーガードなの」

獠はそう言い返してメニューに目を走らせた。

「げっ、高《たっけ》っ！」

普段の食費とは桁違《けたちが》いの数字が並んでいた。亜衣はウェイターを呼んだ。

「お願いしま――」

「待て待て待てっ！」

獠が急いで止めようとするが、亜衣は耳を貸そうともせず、

「あっ、香さんが……」

「ん!?」

獠が即座に反応した。亜衣はうっとりした口調で続けた。

「食べてるお肉、美味しそ」

「おい！」

数分後に注文した料理が届き、亜衣の前に皿がずらりと並んだ。獠の前には一品料理とミネラルウォーターが置かれている。

「ん〜、美味しい」

亜衣はステーキに御満悦だった。獠はミネラルウォーターを口にして、

「ちったぁないのか？　食事中の楽しい会話とか」

「楽しい会話？　ん〜、それじゃあ、あの社長？」

亜衣は指先でナイフを振り、からかうように言った。

「あんたの知らない香さんをいっぱい知ってんだろうね」

ワインを自分でグラスに注ぎ、速いペースで飲み干すうちに、亜衣の頰には赤みが差していた。上体をふらふらと揺らし、御国のほうを見やりながら、

「アレは口説いてるね〜。間違いないわ〜」

「目が座ってるんですけど……」

「こーゆーお店、香さんと来たことあんの？」

「ないない」

「だよね～」

亜衣は小悪魔的に笑い、不意に大人びたモデルの顔になった。

「こんな素敵なデートしてたら、好きになっちゃうよ」

7

御国の厚意を受けて、香は冴羽商事へ送ってもらうことになった。

「今日は楽しかったです」

リムジンの後部座席に座る御国は、隣の香に軽く笑いかけた。いかにも紳士然とした物腰だった。香は誘われるように破顔して、

「あたしも昔のこと、いっぱい思い出しました」

「ええ」

車窓を流れる景色を目で追い、御国は静かに溜息をついた。

「いい教材がたくさんありました。この街には」

「え……？」

表現が少し気になり、香は訝《いぶか》しげに小首を傾けた。

リムジンは新宿東口の車道を抜け、サエバアパートの前に停まった。助手席から降りた氷枝がドアを開ける。香は御国にお辞儀をして、

「じゃ、ありがとうございました」

「──香さん」

御国は立ち去ろうとする香を呼び止めた。

「また会ってくれますか？」

「………」

香がぎこちなく頷き、御国は柔らかな笑顔を返してみせた。

氷枝がドアを閉めて助手席に戻り、リムジンは音もなく動き出した。新宿三丁目の交差点を左折し、都心方面に大通りを進んでいく。

御国はシートに深くもたれると、冷淡な声で氷枝に指示を出した。

「今日、槇村香と撮影スタジオにいた男について調べてくれ」

「ただいま～」

香がリビングに戻ってみると、獠と亜衣はソファーで缶ビールを飲んでいた。ローテーブルには空き缶とおつまみが並んでいる。亜衣が飲み足りないと主張し、帰りにコンビニで調達したものだ。

「おかえりなさ～い」

上機嫌の亜衣がもつれた舌で言った。香はバッグを置いて上着を脱ぎながら、

「久しぶりだったから、ちょっと盛り上がっちゃった」

「………」

香が反応を窺うものの、獠はじっと黙っている。香は皮肉混じりに訊いた。

「そっちはそっちで楽しかったんじゃないの？」

「まーな。亜衣ちゃんとデートしちゃったもんね」

平然と缶ビールを口に運ぶ獠。香は驚いて声を上げた。

「えっ、亜衣ちゃん大丈夫だった!?」

「それはまあ全然」

亜衣があっけらかんと答える。その態度に違和感を覚えながらも、香は牽制するように言葉を投げた。

「あたし、御国さんにまた会おうって誘われたんだけど」

「へえ。良かったじゃん」

獠は香のほうを見ようともせず、おつまみを口に放り込んだ。

「………」

香は喉元までこみ上げた言葉を抑えると、脱いだばかりの上着を肩にかけ、顔を背けるように後ろを向いた。つかつかと廊下に出て、叩きつけるようにドアを閉める。獠はソファーに身を委ねたまま、黙々と缶ビールを飲み続けている。亜衣はそのやり取りを傍観していた。

第二章　すれ違い

1

　昼下がりの東新宿は行き交う人と車で賑わっていた。

　天気予報の情報によると、久々の快晴で気温は二十度を超えるらしい。タンクトップとショートパンツを身につけた亜衣は、明治通りに近い路地で日課のジョギングに励んでいた。足には白いジョギングシューズ。走りやすいように髪は後ろで束ねている。

「こんな時にも走んのか」

数メートル後方で獠が訊いた。亜衣は同じペースを保ったまま、息を乱すことなく答えた。

「体型維持と体力作り。モデルの基本だから」

花園神社の大きな鳥居を潜《くぐ》ると、拝殿の青い屋根と赤い壁が見えてくる。亜衣は階段を駆け上がり、拝殿と社務所の間でストレッチを始めた。

「よし。獠ちゃん、ちょっぴりお手伝いしちゃおう」

獠がいやらしげに手を伸ばし、亜衣はその顔面に腕を振り当てた。

「結構です」

「ぎゃん！」

犬のような声を百パーセント無視して、亜衣は黙々とストレッチを続けた。しばらく痛そうに鼻を押さえていた獠は、不意にシリアスな顔つきになり、動くなと手でサインを出した。

「え？」

亜衣は反射的に身構えると、拝殿前の階段を降りる獠を見送った。獠は鳥居の下で立ち止まり、通りすがりの女性グループに話しかける。

「お姉さんたち、いまお暇？」

「………」

亜衣がぽかんとしている間、獠は執拗《しつよう》にナンパに勤《いそ》しんでいた。

「忙しいの？　じゃーまた今度。僕ちゃんのこと覚えていてね」

女性たちは獠を相手にせず、返事もせずに立ち去った。その姿が見えなくなると、獠は神社の入口に近づいて、

「――君たちは覚えてるよな、俺のこと」

威嚇するようにそう訊いた。スタンガンで亜衣を襲おうとした二人組が、境内の外からこちらを窺っていた。

「ひい！」

獠が両手をポケットに入れて距離を詰めると、男たちは転びそうな勢いで逃げていく。獠は手を振ってねぎらいの言葉を投げた。

「御苦労さーん」

潮風公園の沖を通りすぎた御国のクルーザーは、鳥の島に沿って北東に進み、レインボーブリッジに差しかかろうとしていた。

香は甲板のテーブルで御国と向かい合い、海風を受けながら夕景を楽しんでいた。お台場海浜公園の明かりが悠然と流れていく。日頃の生活では味わえない極上の体験だった。

「綺麗ですね」

香が嘆息して言った。御国はそれには答えずに、

「もう敬語はやめましょうか」

「はい」

香は迷うことなく同意すると、十数年間の空白を埋めるために、長年抱えていた質問を切り出した。

「小学六年生の時、急にいなくなったよね。どうして引っ越したの？」

「ああ、当時は——」

御国は左上に目線を向けた。彼方《かなた》に自由の女神像が見える。海に突き出した台場公園の尖端では、三人連れの親子が談笑していた。

「あの頃は色々あった。今にして思えば、そのすべてが今の僕を作ってくれた。貴重な経験だったよ」

過去を肯定しながらも、具体的なことには触れていない。香はそれ以上の質問は控えることにした。

「御国くんは変わったね。見違えるくらい素敵になった」

香の髪がふわりとなびく。御国はその横顔に目を細めた。

「君も変わった」

「……どうかな」

香は自分の胸に手を当てた。

「御国くんと知り合った頃から、なんにも変わってないかも」

「僕を理解すれば、君も大きく変われる」

御国はスイッチが入ったように語気を強め、力強く言い切った。

「世の中は強い者が勝つ。そういう仕組みだからね」

「え……？」

真意を読み取ろうとする香。そこへ船内から出てきた氷枝が割り込んだ。

「――失礼します。緊急のお電話です」

「失礼」

御国は氷枝からスマートフォンを受け取ると、香をちらりと見て席を立ち、船内に通じる階段を降りた。スピーカーから男の声が聞こえてくる。

「――いい報《しら》せを聞かせてくれるね」

「ええ、すべて順調です」

御国は自信たっぷりに即答した。

「メビウスは間もなく起動します」

「そうか。最高のウォーフェアになりそうだ」

「お待ちしています」

電話を切って甲板に戻ると、香が物憂げに夕空を見やっていた。

「申し訳ない。今日は戻らなければならなくなった」

御国は神妙にそう告げた。了解した香が立ち上がり、御国が呼び止めるように口を開く。

「僕の仕事を近くで手伝ってほしい。パートナーとして」

「えっ？」

香は当惑を隠せなかった。御国は勢いをつけて喋り続けた。

「この再会は運命だ。君は僕と同じベクトルを持つ同志だ。僕の力を使って、大きく変わってみないか」

有無を言わさぬ圧力があった。御国の自信に満ちた物腰は、ドミナテックを躍進させた要因の一つでもある。

「…………」

香は俯《うつむ》いて瞳を閉じ、自分の心の奥を直視すると、

「あたし、変わりたくないんです」

目を開けてきっぱりとそう言った。

「今やってるのは、亡くなった兄貴から受け継いだ仕事で。相棒もいるんです」

かつて獠のパートナーを務めていたのは、血の繋がらない元刑事の兄だった。

その槇村秀幸《ひでゆき》が麻薬組織に殺され、香はその立場を継ぐと決意した。獠にとって香は親友の忘れ形見でもあった。

「本当、どうしようもない奴なんですけどね」

自分の想いはそこにしかない。香は自嘲《じちょう》気味に苦笑した。

「ごめんなさい」

「そうか」

御国は落ち着いた口調で応じた。その言葉に安堵《あんど》しかけた香は、ふと微妙な歪《ゆが》みを感じた。なにかが噛《か》み合っていない。

「――でも、僕の気持ちは変わらないよ」

薄笑いを浮かべた御国は、香を横目で見ながらそう囁《ささや》いた。

香が冴羽商事に帰った時、獠と亜衣はリビングで寛《くつろ》いでいた。

「ただいま」

「あれ？　帰ってきたんだ。お泊まりじゃなかったの？」

亜衣が軽口めかして訊いた。香はバッグをソファーに投げ出して、

「んなわけないでしょっ！」

焦りながらも即答すると、日常を取り戻すべく雑談を始めようとした。

「なんだか疲れちゃった。慣れない服を着ると大変だよね。獠、今日は——」

「——ふああ」

香の話を乱暴に遮るように、獠が突然大きな欠伸《あくび》をした。

「俺も疲れちまったぜ」

気怠《けだる》げに自室へ引き揚げる獠。香の顔が淋しげに曇り、亜衣はそんな二人をじっと観察していた。

2

その翌日、香はボディーガードに同行しなかった。

予想外のトラブルが起きることもなく、午後四時前に撮影を終えた亜衣と獠は、雑居ビルの並ぶ通りをJR新宿駅前に向かっていた。

「んー、今日はお仕事頑張ったし！」

上機嫌の亜衣は両腕を突き上げ、青空を仰ぎながら言った。

「美味しいもの食べたいなー」

獠はやれやれと肩をすくめた。この数日間を見る限り、亜衣の食事量は香の二倍はありそうだった。

「よく食うな」

「モデルは体が資本」

亜衣がガッツポーズをして答えた。太らない体質は親譲りだ。

「なにがいいかな。お酒も飲みたいし――」

スマートフォンで店を探そうとする。その矢先、近くで子供の泣き声がした。

「………？」

酒屋とコインパーキングに挟まれた路地の先に、五、六歳ほどの少女がぽつんと座っていた。そばには菓子の入ったコンビニの袋が落ちている。

亜衣の反応は素早かった。少女に駆け寄って体を屈め、目の高さを合わせた。

「どうしたの？　大丈夫？」

「痛いよー」

少女の両膝に血が滲んでいた。歩道の段差に躓《つまず》いて転んだらしい。

「ついてきて」

亜衣は近所のドラッグストアに急行した。手際よく買い物を済ませ、最寄りの公園に入り、街灯の下のベンチに少女を座らせる。

「ちょっとだけ沁みるからね」

消毒液を吸わせたガーゼを傷に当て、亜衣は優しくそう話しかけた。

「ふきふきふきふきふき――ふきふきふきふきふき――」

即興の歌を口ずさみながら、器用な手つきで少女の膝を消毒し、絆創膏《ばんそうこう》を傷口に貼りつける。

「ぺったんこー」

「ぺったんこー！」

少女の目から涙が消えていた。獠は噴水の縁から腰を上げた。

「上手いな。さすが医者の卵だ」

「なんで知ってるの」

亜衣は警戒して語気を強めた。

「それが仕事でね。医大の二年生だろ？」

「じゃあ、今は通ってないことも知ってるよね？」

亜衣は少女の肘にも絆創膏を貼り、指先で軽く押さえた。

「はい、オッケー。もうバイキンも入らないからね。痛いの痛いの、もう飛んでった〜。でしょ？」

「うん！」

少女がはじけるような笑顔を見せ、亜衣が自然な笑みを返す。様子を見ていた猿はかすかに顔を綻ばせた。

家に帰ろうと駆け出した少女は、ふと足を止めて亜衣に大きく手を振った。

「ありがとう、お姉ちゃん！」

「ばいばーい」

亜衣が手を振り返し、少女はすぐに見えなくなった。

「――うん、いい笑顔だ！」

一連の経緯を見届けた猿は、きょとんとする亜衣の前で人差し指を立てた。

「御褒美だ。イルミネーション・ジュエリーナイトに御招待しよう」

「へえ？　この時期にイルミネーションやってるとこなんてあるんだ！」

本格的にモデル業を始める前から、きらきらと光るものは大好きだった。この男なら地元には詳しいはずだ。亜衣は提案を受けることにした。

「あるんだなあ、これが」

　堂々とした足取りで路地を案内し、カラフルな看板の明滅するラブホテル街に亜衣を連れ込もうとした獠は、街路のゴミ箱で激しく殴打された。

「…………」

　香の鉄槌《てっつい》に慣れている獠にとって、この程度のダメージは日常茶飯事だった。ものの数秒で立ち直り、足早に街路を抜けようとする亜衣を呼び止めて、

「お詫《わ》びと言っちゃなんだが、君をディナーショーに御招待しよう」

「ディナーショー？」

「今度こそ、ほんっとーに最高だから」

　獠がねだるように言い、亜衣は氷のような眼差しを向ける。九割の疑念を抱きながらも、頭ごなしに断る気にはなれなかった。

　二人が着いたのはゴールデン街の「小さなスナック　おがた」だった。

「獠ちゃんで～す！　ほっ！　ほっ！」

　入店するなり裸になった獠は、銀の盆をさっと持ち替えて股間を隠し、片手で

ジョッキのビールを飲むという宴会芸を披露していた。赤と青のライトがステージを照らし、薄暗い店内を妖しく染めている。

常連客たちが盛り上がる中、亜衣はうんざりした顔で獠を睨んでいた。

「どこがディナーショーよ」

そう吐き捨てた直後、盆の落ちる音が響いた。男性客の笑い声と女性客の悲鳴が混じり、耳が痛いほどの喧噪《けんそう》が湧き起こる。

「……最悪」

亜衣はテーブルを叩いて席を立ち、憤然として出口へ歩き出した。

「獠ちゃーん！」

「嫌なこと吹っ飛んじゃうー！」

水商売風の女性たちが歓声を上げた。亜衣が肩越しにステージを見ると、獠が満面の笑みでポーズを取り、観客たちに愛敬を振りまいている。あまりの馬鹿らしさに気力を削がれ、亜衣はその場にぺたりと尻餅をついた。もはや立ち上がるのも億劫《おっくう》だった。

一人で帰るのは面倒くさい。ボディーガードと別れるのも本末転倒だ。冴羽さんが帰るのを待つしかない――亜衣はそう考えながら、能天気にはしゃぐ客たちをぼんやりと眺めていた。

「…………」

女性客たちの笑顔を目にするうちに、自分だけが損をしている気がした。ナッツを食べながらステージを睨むうちに、その表情が少しずつ和らいでいく。

そして数時間後。何杯目かのジョッキをテーブルに置いた亜衣は、赤ら顔で上機嫌に笑い転げていた。

「あっはっは！」

オーバーアクションで体を揺らし、ステージの獠を指差して野次を飛ばす。

「いいぞー！　お盆デカすぎんぞー！」

獠が踊りのスピードを上げた。声援のボリュームが高まり、誰からともなく手拍子が始まる。甲高《かんだか》い口笛が飛び交い、宴は最高潮に達しようとしていた。

「おかわり！」

亜衣は呂律《ろれつ》の回らない声で叫ぶと、空のジョッキを高く掲げ、電池が切れたように瞼《まぶた》を閉じた。

「飲ませすぎちゃったかしら」

隣の客の声を耳にしながら、亜衣は心地よい眠りに包まれていった。

「ん……」

カラスの声に目を覚ました亜衣は、冴羽商事の客間にいることに気付いた。

頭がひどく重い。現状把握のために記憶を辿ることにした。怪我をした少女の手当てをして、ラブホテル街に連れ込まれそうになり、騒がしいスナックに誘われ、そこで意識を失って……。

「えっ？」

ベッドに上半身を起こし、パジャマを着ていることを確認する。着替えた記憶はまったくない。隣にはもう一つの枕と皺《しわ》だらけのシーツがあった。

「そんな――まさかっ」

青ざめた亜衣の脳裏には、変態顔で迫ってくる獠のイメージが浮かんでいた。

「アイツにあんなことやこんなことを!?　全部アイツの作戦!?」

亜衣が己の迂闊《うかつ》さを呪っていると、ドアが開いて香が入ってきた。

「おはよ！　二日酔い？」

「香さん……あたし、起きたらこんなで」

泣きそうな声で話しかける。香は爽やかな口ぶりで、

「相当飲んだみたいね。獠から迎えに来いって連絡が来て、驚いちゃった」

「えっ？」

亜衣は目を丸くした。あの男がそんな行動を取るとは思わなかった。

「ってことは、香さんが連れて帰ってくれたんですか？」

「そ。獠の奴は二軒目に行ってまだ帰ってきてない」

「――香さん！」

亜衣はベッドを出て香に抱きついた。

「ありがとう！　香さん、ありがとう！」

「はあ……？」

亜衣は涙を浮かべて感謝するものの、香は呆気《あっけ》にとられるばかりだった。

ようやく気力を取り戻した亜衣は、とりいそぎアルコールを抜くことにした。

トラップの跡が残る廊下から脱衣所へ行き、脱衣籠にパジャマと下着を投げ入れ、バスルームに足を踏み入れる。

「はあ……飲みすぎ注意だな」

反省しながらシャワーを浴びていると、突然ドアの開く音がした。

「飲みすぎたー」

裸の獠が入ってきた。酔いが回って足取りも怪しく、体を左右に揺らしていたが、亜衣に気付くとその場に固まって、

「は？」

「——きゃあああああ！」

亜衣は出せる限りの悲鳴を上げた。瞬間移動のように現れた香は獠を蹴り倒し、そのままシャワールームから放り出した。

「三軒目行ってこーい！」

壁に激突した獠はずるずると床に崩れ落ち、絞り出すような声で呻《うめ》いた。

「今のは俺のせいじゃない……」

3

開店前の喫茶キャッツアイを掃除していた海坊主は、悪い予感を抱きながらスマートフォンの着信ボタンを押した。良い想像は滅多に当たらないが、この手の奴は高確率で的中する。それは経験的に確かなことだった。

「――なに？」

相手の言葉を聞くうちに、海坊主の口調が深刻さを増していく。美樹はそれを不安げに見つめていた。

「そうか……わかった」

海坊主が電話を切ると、美樹がすかさず話しかけた。

「ファルコン？」

美樹は海坊主をコードネームで呼ぶ。内戦国で両親を失った美樹は、傭兵《ようへい》部隊の海坊主に育てられた。その頃からの習慣だった。

「馴染《なじ》みの情報屋だ。ドミナテックが気になって調べてもらっていた」

「この子を作った会社？」

美樹がロボットの額を指でつついた。海坊主は頷いて、

「ああ、どうも仕様がプロ好みでな」

ファルコンがプロ好みというからには、軍事に関する話なのだろう。ロボット会社が軍需産業に手を出すことは珍しくない。美樹はすぐに納得した。

「だがそれより気になる別の案件を聞いた」

「別の案件？」

「腕利きの傭兵たちに招集がかけられている。Sクラスの任務だそうだ」

「参加する気じゃないわよね？」

美樹が念を押すように訊く。海坊主は即座に否定した。

「当然だ」

意味ありげな物言いだった。美樹は不吉なものを感じながら尋ねた。

「場所はどこ？」

「ここだよ」

海坊主は眉間に皺を寄せて答えた。

「――新宿だ」

新宿副都心から徒歩数分の人工林。ドミナテック社の中枢であるドミナテックタワーは、その中央に築かれた高層ビルだ。二本のビルで菱形のタワービルを挟むような形状で、最上部には二面のヘリポートと通信用のアンテナ塔があり、石畳の前庭には四つの植え込みが田の字型に配されている。

最上階の中央に位置するＣＥＯ室は、壁一面のガラス窓から街を見下ろせる作りになっていた。手前にはソファーに挟まれたテーブル、デスクとオフィスチェアーなどが置かれ、側面の壁には大型モニターとスピーカーが組み込まれている。

「正体が判明しました」

氷枝がモニターの電源を入れると、スナックで裸踊りをする獠が映った。

「冴羽獠。またの名をシティーハンター。腕利きのスイーパーです」

御国はデスクで腕を組み、蔑むような目でモニターを見た。

「今は進藤亜衣のボディーガードを、パートナーの女とともに行っています」

氷枝がそう言ってリモコンを操作し、モニターを香の映像に切り替えた。

「それが槇村香。冴羽と長らくともに行動しています」

「…………！」

御国はしばらく絶句し、ひどく不快げな顔つきになった。

「あの男のせいか。彼女がくだらない街にしがみつくのは」

氷枝は肯定も否定もしない。御国は冷徹に命令を下した。

「排除しろ」

「はっ」

氷枝はこれには即座に従った。

「要請している例の連中にやらせましょうか？　多少、荒っぽくなりますが」

「派手にやれ」

御国は新宿の街を一望しながら言った。

「すべてを手に入れるのは私だ、冴羽獠」

4

「今日、香さんは？」

新宿通りと西武新宿駅を結ぶ地下街——新宿サブナードの壁に並ぶ広告を横目に、亜衣はなにげなくそう尋ねた。獠と二人でスタジオに通うことは最近の日課だった。香がついてきたのは初日だけだ。モデルたちは香をスカウトしたものの、当人にその気はまるでないらしい。

「さあねえ」

獠はあっさりと受け流した。亜衣は反応を試すように、

「撮影、意外に早く終わったし、どっか寄ってく？」

「…………」

「なによ、無視？」

「急ぐぞ」

獠は鋭く囁いて足を速めた。

「尾けられてる」

数十メートルの間合いを保ちながら、厚手のコート姿の集団が移動していた。通行人たちは道を空けて遠巻きにそれを眺めている。

新宿三丁目駅に近い地下道――B10番出口がある通路に向かう階段に差しかかり、追跡者の死角に入った瞬間、獠はすかさず口を開いた。

「走れ！」

二人は落ちるように階段を降り、メトロプロムナードを猛スピードで駆け出した。コート姿の集団が一斉にダッシュし、サングラスをかけた髭面の巨漢――隊長がスマートフォンで別働隊に指示を出した。

「13番出口だ！」

　獠と亜衣は待ち伏せされる前に地上に出た。薄い灰色の雲に覆われた空は、今にも夕立を降らせようとしている。二人はビルの裏手の隙間を縫い、使われていないドアを開け、有料駐車場のブロック塀を乗り越えた。

「どこに行くの？」

　亜衣が息を切らせて尋ねたが、獠は答えずに走り続ける。しばらくして二人の前に細長い看板が見えた。

「――ゴールデン街!?」

　長屋のように連なる飲食店の前を横切り、木の扉の前で足を止める。獠が慣れた手つきで扉を開けると、その先には二階に通じる狭い階段があった。

「上だ！」

　亜衣が階段を駆け上がり、獠が扉を閉めて後に続く。二階はこぢんまりとした居酒屋になっていた。

「おや、獠ちゃん。今日は早いね」

飛び込んでくる二人を見て、優しげな初老の店主が厨房から声をかけた。額はすっかり後退しており、髪は耳の周りと後頭部にしか残っていない。

「源《げん》さん、彼女を頼む」

「いいとも。窓は開いてるよ」

源さんと呼ばれた男は皿を洗いながら答えた。

「ありがとう」

獠は窓枠を摑んで建物の外に出た。

「じゃあな」

「冴羽さん！」

獠が外側から窓を閉めると、源さんはこともなげに亜衣に話しかけた。

「心配いらないよ。いつものことさ」

「いつものこと……」

亜衣はどう答えて良いかわからなかった。

ちょうどその頃、コート姿の集団はゴールデン街に到着していた。

ここが狩り場だと悟った男たちは、コートを脱いで迷彩色の戦闘服姿になった。幸いなことに通行人はいない。やや特殊なフィールドだが、戦術にさほどの違いはないはずだ。

各人が武器を装備していると、頭上で硬い足音がした。屋根を渡っていく獠がはっきりと見える。

「女は確保しろ！　男は殺せ！」

隊長が指示を出し、男たちは猟犬のように散らばっていった。

先頭を走っていた短髪の男が、獠の走路にサブマシンガンＭＰ５Ｋを連射した。獠が屋根を越えて隣の道に飛び降りると、小型の拳銃――ＵＳＰコンパクトを持った男がいきなり眼前に現れる。

獠は親指でパチンコ玉をはじき、男の手から拳銃を叩き落とした。相手が狼狽《ろうばい》する間にダッシュし、顔面に膝蹴りを食らわせる。周囲の被害を最小限に抑えるための戦法だった。

気絶した男を踏み越えた瞬間、足下で銃弾が跳ねた。ジャンプして脇道に入り、前転しながら距離を稼ぐ。左右の物陰から現れた二人をハイキックで撃退し、そのまま隣の路地へ移るものの、敵はそこにも待ち構えていた。

物音を立てて角で待ち伏せして殴る、看板でやり過ごして羽交い締めにする、狭い脇道でドロップキックを食らわせる――様々な手段で数を削るものの、次々に増援が押し寄せているらしく、敵の全容はまるで摑めなかった。

「どんだけ呼んでんだよ」

獠は半ば感心したように呟き、柱の陰から身を乗り出すと、サブマシンガンの弾倉を換えている男をパチンコ玉で撃った。

「……うっ！」

サブマシンガンが地面に落ちた。獠はその隙をついて顔面にパンチを入れ、男をあっさりと失神させる。

男は二次元コードが記された金属板を首に提げていた。文字の類いは書かれていない。プライベート・オペレーターの管理に使われる認識票――IDタグだった。

「何者だ？」

猿は目を凝らしてそれを見つめ、ポケットに奥深くねじ込んだ。


源さんはおでん鍋から適当に具材を取り、皿に盛ってカウンターに置いた。

「うち自慢のおでんだよ。食べて待ってるといい」

香ばしい湯気が鼻孔をくすぐるものの、食欲はまったく湧かなかった。源さんは動じていないが、この状況はやはり尋常ではない。

窓の外で銃声が響き、亜衣ははっと顔を上げた。一瞬だけ躊躇《ちゅうちょ》した後、覚悟を固めて席を立ち、

「あ、ちょっと」

源さんが呼び止めるのも聞かず、店を出て階段を降りていく。

扉の隙間から外を窺うと、手の届く場所にサブマシンガンが落ちていた。亜衣はそっと扉を開き、おずおずとそれを拾い上げた。危険なものを一つでも減らし

たいという一心だった。

予想以上の重量に驚きつつ、亜衣はなにげなく視線を上に向けた。斜め前の屋根に拳銃を構えた男がいた。銃口の先には獠の後ろ姿がある。

「危ない！　冴羽さん！」

考えるよりも先に行動していた。照準を定める余裕もなく、亜衣はサブマシンガンのトリガーを握り締めた。男は銃弾の雨に仰天し、頭部を庇《かば》いながら屋根を転げ落ちた。

「な、なんだ!?」

獠はとっさに建物の陰に飛び込んだ。状況を察した時には手遅れだった。亜衣は反動を制御できず、四方八方に銃弾を撒《ま》き散らしていた。

「うわあああ！　止まんない！」

無数の銃弾が看板を破壊し、壁やシャッターに穴を穿《うが》った。柱に固定された看板が地面に落ちて割れ、薄い壁が次々に倒れていく。もはや誰も手をつけられない有様だった。

「――退《ひ》け！　退け！」

隊長が大声で指示を伝える。イレギュラー時の力押しは賢明ではない。男たちは迅速に撤収していった。

しばらくして銃声がやんだ。獠がそっと様子を見ると、自分の行動にショックを受けた亜衣が茫然と立ち尽くしていた。

獠は両手を挙げてゆっくりと近づき、サブマシンガンを取り上げた。

「やんちゃなお姫様だ」

緊張の糸が切れた亜衣は、震える声で相手の名前を呼んだ。

「……冴羽さん」

「大丈夫。もう心配ないよ」

獠が背中を叩いて宥《なだ》めると、亜衣は全身の力が抜けたように項垂《うなだ》れた。

そんな二人の背後にごそごそと蠢《うごめ》く人影があった。獠が最初に膝蹴りで倒した男だった。部隊の撤収後に意識を取り戻し、なにが起きたのかをまったく理解していない。

上半身を起こそうとした矢先、男は後頭部を大きなフライパンで殴られ、再び気を失った。

「ん？」

猿と亜衣が後ろを見ると、源さんがフライパンを片手に立っていた。周りには騒ぎを聞きつけた地元の面々が集まっている。

「後始末は任せておきな、猿ちゃん」

「すまない。色々壊したぶんは弁償するよ」

猿が軽い口ぶりで言い、被害者たちはむしろ楽しげに応じた。

「いいってことよ。気にすんない」

「それより飲みに来てちょうだい」

「待ってるよ」

「ああ、また今度」

猿はサブマシンガンを投げ捨て、亜衣を先導して歩き出した。

5

冴羽商事への帰路、亜衣はずっと体を震わせていた。自分の身に起きたことが信じられない。相手は軍隊まで動かすような存在だ。運がなければ簡単に殺されていただろう。

思案げにそれを見ていた獠は、唐突に明るい調子で言った。

「どうだい亜衣ちゃん、ちょっとドライブに付き合ってくんない？」

疑惑が頭を掠《かす》めたものの、亜衣は誘いを受けることにした。酔い潰れた時には香さんを呼んでくれた。多少は信用できるかもしれない。

サエバアパートの一階は駐車場になっている。亜衣がミニクーパーの助手席に乗り、獠はエンジンをスタートさせた。

「ぐふふふふ」

獠はいやらしげに鼻歌を歌っていた。車は中央通りを進み、高層ビルの密集する一帯に入っていく。どう見ても繁華街のある方向ではない。亜衣はついてきたことを後悔しつつあった。

「あちゃー。これやばいパターンだよね」

獠はガラス張りのビルの駐車場に車を停めた。オフィスビルにしては活気がないと亜衣は思った。ドライブの目的地としては不自然だ。

二人は一階のフロアを通り抜け、ガラス張りの展望エレベーターに乗った。エレベーターは停まることなく上昇し、静まりかえったフロアに到着する。事務所や店らしきものはない。もはや怪しさは決定的だった。

亜衣に続いてエレベーターを降りた獠は、正面にある金属のドアを手で示し、道を譲るような仕草をした。

「さあ、どうぞ」

「あー、絶体絶命……」

亜衣はラブホテルの室内を想像して瞼を閉じた。手慣れた挙動から察するに、きっと同じ手口を重ねてきたのだろう。

ドアの開く音と風の音がして、亜衣の髪が小さく揺れた。

「……え？」

目を開けるとビルの屋上があった。

漆黒の夜空を背景にして、高層ビル群の窓が模様のように光っていた。敷き詰められた建物が多彩な色を放ち、その隙間を自動車のライトが流れていく。

「ここに来ると、捨てたもんじゃないって思えるんだ」

獠は愛しげに街を見つめながら、記憶を辿るように目を細めた。

「どんなにこの街が汚れていようと——どんなに変わろうとな」

「………」

亜衣はふっと顔を曇らせた。

「あたしはいつから変わったんだろう」

飛行機の明かりが夜空を横切り、二人の間に風が吹いた。

「昔は父が好きだった」

＊　＊

実家は地方都市の一軒家だった。

父親と亜衣は縁側に並んで座り、緑の稜線《りょうせん》に沈む夕日を眺めていた。十数年前――亜衣が小学生だった頃のことだ。

「パパ、お医者さんになりたかったんだ」

父親が懐かしむように口を開いた。

「病気や怪我を治して人の役に立つって素敵だろう？」

「うん！」

亜衣は素直に頷き、父親の仕事を知らないことに気付いた。たぶん会社に勤めているのだろう。

「亜衣は大きくなったらなんになりたい？」

「んー」

急な質問に迷った亜衣は、少し考えてから目を輝かせた。

「パパの代わりにあたしがお医者さんになる！」

「ふふ、そうか」

父親は嬉しげに亜衣に笑いかけた。

「亜衣の瞳には、夢を叶えた幸せな未来が映っている」

しかし幸福は続かなかった。仕事に没頭した父親は家に帰らなくなり、亜衣が中学生の時に離婚を選んだ。私物を詰めたスーツケースを引き、玄関を出ていく後ろ姿を亜衣は鮮明に覚えている。

高校に進学した亜衣は、母親とも齟齬《そご》をきたすようになっていた。

「あたしも働くよ、高校出たら」

ペニンシュラキッチンを隔てて亜衣が主張すると、母親は首を横に振った。

「駄目。お父さんは亜衣がお医者さんになるの、楽しみにしてるんだから」

「だからなりたくない！」

亜衣が感情的にそう叫び、母親は言葉もなく俯いた。

「——あたしは母の悲しむ顔が見たくなくて、医大に進むことにした」

亜衣は言葉を切って目を伏せた。自分の本意ではないにせよ、医者になるのも一つの選択肢だとは思っていた。父に対する反発はあるが、母の願いに応えることが恩返しになると考えたからだ。

＊　＊

「でも、母は去年亡くなった。自分を苦しめた父を一言《ひとこと》も悪く言わないまま」

「で、君は今、医大に通わずモデルをやっている」

獠が確認するように言った。亜衣は苦笑して、

「仕事は必要だからね。一人で生きていくためにはさ」

「何故、お母さんは医大に行くように勧めたんだろう。お父さんを信じていたとは考えられないか？」

「そんなこと……」

亜衣は力なく否定する。獠は独白めかして続けた。

「俺にはモデルの時の笑顔より、少女の傷の手当てをした時の君の笑顔のほうが本物に見えた」

「……………」

亜衣は少女を助けている間、自分が微笑んでいる意識はなかった。

「今もその瞳には、本当の夢が映ってるんじゃないか？」

獠は脱いだジャケットを亜衣の背中にかけた。亜衣はそれを両手で整えると、獠の広い肩に頭を寄せていった。


それとほぼ同時刻。ドミナテックタワーのＣＥＯ室では、氷枝がゴールデン街の顚末《てんまつ》を報告していた。

「冴羽獠、とんでもない男です。作戦にあたった数名が拘束されました」

「想定内だ」

御国はあっさりと応じた。もとより容易に倒せるとは思っていない。ゲームは始まったばかりだ。

「酒井純一《さかいじゅんいち》のスマートフォンですが――」

氷枝はポケットからスマートフォンを取り出し、御国の前のデスクに置いた。ひび割れた画面が黒く光っている。

「復元することができました」

「ふむ」

御国が手に取って電源を入れると、画面に四角いアイコンが並んだ。

「進藤亜衣に宛《あ》てた動画もその中に」

「ほう」

御国がタップするとウィンドウが開き、眼鏡をかけた男の動画が流れる。再生が終わるのを見届けた氷枝は、スマートフォンを受け取ってデスクの隅に置き、折り畳まれた紙を広げて御国に渡した。

「それと、事故直前の酒井の行動記録です。研究室で生体認証のシステムを使っていました」

「…………！」

記録に目を通していた御国の中で、不意に複数のヒントが繋がった。

「そういうことか。見つけたぞ、進藤亜衣が持つ鍵を」

「え？」

御国はにやりと唇を歪め、氷枝を焦《じ》らすように予言めかして言った。

「彼女は自ら、ここに来ることになる」

第三章　メビウスの鍵

1

バーの入口には貸切の札が掛かっていた。

店内にはカウンターと二つのテーブル席があった。年配のマスターは気を利かせて席を外している。獠はカウンターでワイルドターキーのグラスを傾け、時間をかけて喉を潤していた。

グラスが空になりかけた頃、冴子と人相の悪いスーツ姿の中年男が現れた。

「お待たせ、獠」

冴子はそう言って獠の隣に座り、カウンターにＩＤタグを置いた。中年男は生え際の退がった額に皺を寄せ、面倒くさげに後ろのテーブル席に腰を降ろした。

「とんでもない奴らと戦ったわね、あなた」

冴子は持参したノートパソコンを開きながら、

「こちら、公安部外事第三課の――」

「下山田《しもやまだ》だ」

中年男は気忙《きぜわ》しげに名乗り、横柄な口ぶりでこう続けた。

「こいつはアメリカの民間軍事会社が持つ管理用タグだ」

「プロの傭兵か」

獠は納得したとばかりに応じる。冴子は張りつめた表情になった。

「国内で彼らと戦闘するなんて前代未聞よ」

「ゴールデン街で身柄を確保した被疑者を取り調べたところ、奴らを雇った組織が判明した」

「ドミナテック」

猿が厳しい顔でそう言うと、下山田は意外そうに瞬きをした。

「ほう」

「あの御国って男、ガンタコのある秘書を連れていた」

猿はウイスキーグラスを手に取り、氷をからからと揺らした。

「もう一つ、大物武器商人のヴィンス・イングラードが日本《にっぽん》に入国した」

下山田の説明に合わせて冴子がキーを打ち、ノートパソコンの画面を猿に見せる。海外で隠し撮りされた写真——眉を逆立てた初老の男が映っていた。オールバックの白髪と白い顎髭《あごひげ》が顔の輪郭を囲み、口元にも白髭が蓄えられている。

「ヴィンス・イングラード。乾いた土地に戦火の雨を降らせる男。ウォーフェア・メーカー」

猿が嫌悪感を隠さずに言った。冴子は小さく頷いて、

「いわゆる死の商人ね」

「御国は十七歳で全米屈指の名門大学に入学——」

下山田がすらすらと暗誦《あんしょう》し、冴子がエンターキーを叩く。ディスプレイに一

冊の論文が表示された。

「――戦争経済を研究する中、ウォーフェア理論なるものを考えた。いつ戦争が起きてもおかしくないという不安を生むことで武器を売る。その理論に目をつけたのがヴィンス・イングラードだ」

「奴らに亜衣ちゃんがどう絡んでる？」

「正確に言えば、亡くなった彼女の父親ね。あなたのお知り合いなら調べられるんじゃないかしら」

冴子が唆《そそのか》すように答える。獠は下山田の顔を見た。

「公安が俺に情報を渡すとは……なにを企んでいる？」

「情報を渡した？　証拠はなにもない」

下山田は肩をすくめて席を立ち、店の出口に向かいながら言った。

「――下山田なんて男も存在しない」

2

翌日の午後、獠たちはお知り合いを訪ねることになった。

獠は大きな日本家屋の前にミニクーパーを停め、念を押すように訊いた。

「本当にいいのか?」

「どうして狙われてるのか、知りたいから」

亜衣の意志は揺るがなかった。嫌な話を聞かされるかもしれない。父が悪人だった可能性もある。それでも当事者として事情を知るべきだ。

獠が格子戸の横のインターホンを押し、スピーカーから男の声が返ってきた。

「どなたじゃな?」

「新宿の種馬です」

獠がマイクに口を寄せて答える。亜衣が嘆息して呟いた。

「なんて渾名《あだな》……」

「ははは……」

香は苦笑いして頭を掻いた。

「入りたまえ」

書斎に通された三人がテーブルにつくと、白衣姿の若い女が紅茶を運んできた。

壁の書架にはラベルを貼られた専門書がぎっしりと詰まっている。多種多様な文字が混ざっており、言語の数は見当もつかない。

「はい、どうぞ」

「ありがとう、かずえさん」

香は軽く会釈をした。そこへ鼻眼鏡をかけた白髪の老人——教授が入ってきた。

背丈は香の肩よりも低く、柔らかい物腰で笑顔を浮かべているが、その目には油断ならない光が宿っている。

「久しぶりじゃのう、ベビーフェイス」

これは獠の古いニックネームだった。獠と教授の関係は長い。かつて軍医を務めていた教授は、ゲリラ兵だった獠の命を救い、スイーパーの道を勧めた恩人でもある。

「教授は『世界のあらゆる情報を覗ける男』だよ」

猿がそう紹介していると、教授はいきなり腰を屈めた。鼻眼鏡を指で挟み、椅子の背面から突き出た亜衣の尻をじろじろと凝視して、

「にょほー、プリティーヒップを連れてきおったか」

「は!?」

不快げに戸惑う亜衣。かずえが椅子を振り上げ、教授は急いで逃げ出した。

「冴羽さんのスケベの先生でもあるのよね」

かずえが事もなげに言い添えた。教授のアシスタントになって数年。この手の事態には慣れきっている。呆れかえった亜衣が溜息をつき、香は素知らぬふりでさっと視線を逸らした。

教授が席につくと同時に、亜衣が質問を切り出した。

「どうしてあたしをここへ？」

猿の相談を受けた教授は、亜衣を連れてくるように助言した。それには理由が

あるはずだった。

「今回の騒動の原因は酒井純一だからじゃ」

「知ってるんですか、父のこと」

テーブルに身を乗り出して尋ねる。教授は首を縦に振った。

「脳科学を専門とした優秀な研究者だと聞いたことがある」

初耳だった。父は仕事の話を一切しなかった。

「父はあたしが狙われてることと関係あるんですか？」

「残念ながらな」

「…………」

覚悟はしていたものの、やはり驚きは隠せなかった。妻子を捨てて研究に没頭し、交通事故で勝手に死んだうえに、娘が狙われる原因を遺《のこ》した。あの優しい父は虚像だったのか。

「順を追って話すほうがいいじゃろうな」

教授は書斎の出口を手で示した。

「資料は集めてある。まずはそれを見てもらおう」

五人は研究室に移動した。一辺が十メートルほどの正方形の部屋だった。四方の壁にサーバと冷房機器が並び、中央のスペースには数台のコンピュータが置かれている。殆どの装置が稼働中で、黙々とデータを処理しているようだ。

「こんな部屋が……」

亜衣は周囲を見回した。日本建築の一室だとは信じられない。どう見ても研究施設そのものだ。

「この屋敷の心臓部だよ」

獠がそう説明すると、教授はメインコンピュータの前に座り、猛烈な速度でキーボードを叩き始めた。

「酒井純一は御国真司によって、ドミナテックに引き抜かれていた」

「えっ？」

「御国くんの会社に？」

亜衣と香が反応した。教授は長いコードを入力しながら続けた。

「そして、極秘裏にある技術を開発していたんじゃ」

モニターに「ＭＯＢＩＵＳ」のロゴが映り、その下に「Machine-Operation-Brain Interface Utility System」という文字列が現れた。

「脳科学念動システム。彼はそれをメビウスと名付けた」

ロゴと文字列は縮小されて端に移動し、ノートパソコンと一体化したアタッシェケースのような端末が表示された。キーボードと小型モニターの上には通信用のアンテナが伸びている。

「脳波を独自のアルゴリズムで解析し、人工知能のサポートで様々な機器をコントロールする。簡単に言えば、頭で考えるだけで操作できるシステムじゃ」

「すごい技術ですね」

香が嘆息した。教授はそれには答えずにキーボードを叩いた。モニターにドローンの図面が現れる。四つのローターと厚い装甲を持つそれは、下部に機関銃の砲身を備えていた。

「メビウスは軍事兵器の操縦に特化しており、誰もが容易に操れる」

モニターが地球と軍事衛星のイメージ動画に切り替わった。メビウスの発した電波を衛星が中継し、地球の裏側の兵器が動くというアニメーションだった。

「世界中のどこからでもな。新時代の殺戮《さつりく》兵器じゃ」

「……なにそれ」

愕然《がくぜん》とする亜衣。香は獠のほうを見て、

「でもどうして亜衣ちゃんが狙われるの?」

「鍵を握っているのが亜衣ちゃんだからさ」

「鍵なんて！　あたし知らない！」

亜衣は全力で否定した。父が研究者だったことも知らなかった。鍵なんて握っているわけがない。なにかの間違いに決まっている。

香は教授の話を反芻《はんすう》しつつ、事態の深刻さを痛感していた。

「御国くんが……」

3

同日深夜。

寝つけない亜衣はベッドを抜け出し、ベランダで夜風に当たっていた。

悩みはいくつもあった。父が兵器の開発者だという話は衝撃的だった。自分がその鍵だと誤解されているのも解せない。何度も襲われたのは父のせいだ。あたしをいつまで苦しめれば気が済むのか。

「…………」

父のイメージを辿っているうちに、幼い頃の記憶が次々に甦《よみがえ》った。研究に溺れて妻子を捨てた人ではあるが、進んで戦争の道具を作ったとは信じがたい。特殊な事情があったのかもしれない。

もっと話を聞いておけば良かった――亜衣がそう悔やんでいると、手元のスマートフォンが鳴った。画面には知らない電話番号が表示されている。ボタンを押して耳に当てた。

「はい。……えっ!?」

意外な相手に驚きながらも、亜衣はその声に意識を集中させた。通話は数秒で終わったが、先方の要件は十分に伝わっていた。

亜衣は決意の面持ちで客間に引き返した。


「――明日は晴れる。絶好の戦闘日和だ」

ドミナテックタワーのCEO室から新宿の夜景を見下ろすと、ヴィンスはブランデーグラスを揺らして満足げに言った。

御国はスマートフォンを切ってポケットに収め、グラスを軽く掲げてみせた。

ヴィンスは舐めるように夜景を眺めながら、

「しかし、自分の故郷を戦場にすると聞いた時は驚いたよ」

「消えてしまって構わない街ですから、ここは」

御国は感情のない声でそう応じた。

「戦争《ウォー》ではなく、戦闘《ウォーフェア》を起こす実験場に相応《ふさわ》しい」

「私はどこでも構わないのだがね」

ヴィンスはショーケースの商品を見る目つきになった。

「国家間の戦争だけが戦闘ではない。君のウォーフェア理論は人類の歴史を変えるアイデアだ」

「人間は戦いを求めるものです。ある地域で戦闘が起きないのは、攻撃したい者の手が届かないからに過ぎない。そこには抑圧がある。――では全世界に届く魔法の手があればどうなるか？」

御国は誇らしげに語り続けた。

「手の届く範囲が広がることは、戦闘の可能性を高めると同時に、防衛の需要を高めることでもある」

「それは我々にとっても革命的な考えだった。全世界を潜在的な市場に変えてしまえば、利益は飛躍的に増えるのだからな」

ヴィンスはブランデーを一口飲み、自分の掌《てのひら》を見つめた。

「魔法の手を作るためには、相応の技術と環境が必要だった。私はそのために支援を続けてきた。六年間もだ」

「わかっています」

「だがそれも明日には報われる。理論を完成させる最後のピース――メビウスは確かに動かせるのだろう?」

ヴィンスがそう尋ねると、御国はデスクに歩み寄りながら答えた。

「準備は整いました。起動キーは間もなく手に入ります。戦闘には最高のターゲットが参加しますよ」

リモコンでモニターの電源を入れる。ゴールデン街で戦う獠が映った。

「――冴羽獠です」

ヴィンスはモニターをちらりと見やった。

「シティーハンターか。最近、新宿でテロリストを片付けたと聞いた」

「この男を殺すことで、我々の兵器を世界にアピールできます」

御国は邪悪な笑みを浮かべ、呪詛《じゅそ》のように付け加えた。

「新宿なんて街を守る、お前を葬ることでな」

4

西新宿の高層ビル街の根元には、舗装されたスペースに木々を植え、休憩用のベンチとテーブルを並べた公開空地《くうち》が点在している。

その一つを訪れた獠は、人気のない花壇に無言で座っていた。

「……ねえ、獠」

傍《かたわ》らで物言いたげに目を泳がせていた香は、深呼吸をして獠に声をかけた。

「あ?」

「あ、あのさ」

どう切り出すかを迷っていると、冴子と下山田が螺旋階段から姿を見せた。

「来てくれたわね」

「あ……」

タイミングを逸した香が口を噤《つぐ》む。冴子は深刻な顔で話し始めた。

「最悪の事態が迫ってるわよ」

「ドローン兵器が新宿に移送された」

下山田が背を向けたまま言い、忌々しげにこう付け加えた。

「強襲型の戦闘用ドローンも一機含まれている」

「強襲型？」

香がそう訊き返すと、下山田は顔だけを振り向かせて、

「狙った獲物を確実に殲滅《せんめつ》する。通称『鋼の死神』」

「それをメビウスで操る気か」

獠は眉をぴくりと動かした。

「ええ。新宿で大規模な戦闘を起こそうとしている」

冴子が許しがたいとばかりに首を振り、香は静かに息を飲んだ。

「そんなことが起きたら……」

「悪夢じゃ済まないわね。新宿が戦場になる」

「各国の武器商人も来日してる。ヴィンスと御国はメビウスを売るつもりだ」

下山田がそう断言し、獠は苦い顔で舌打ちをした。

「もう時間はないってことか」

危機はすぐそこに迫っている。香が目を見開いた。

「だとしたら、亜衣ちゃんが――」


喫茶キャッツアイの窓際席に座った亜衣は、海坊主の淹《い》れた珈琲《コーヒー》に手をつけず、しきりにスマートフォンを気にしていた。

バックヤードから店内に出てきた美樹は、その様子を見て海坊主に尋ねた。

「あら？　獠たちは？」

海坊主とロボットはキッチンでスプーンを磨いていた。数日間の学習を経て、ロボットの動作は海坊主にシンクロしている。親子のようだと美樹は思った。

「冴子たちに会いに行った。話を聞かせたくないようでな」

「そう……」

美樹が心配げに目を向ける。亜衣は食い入るようにスマートフォンの画面を見つめていた。

「ん?」

不意に甘い香りがして、海坊主は鼻をひくつかせた。視力が低い代わりに嗅覚は人一倍鋭い。

「この匂いは?」

「アップルパイ焼いてみたの」

菓子作りは美樹の趣味だった。そこから店のメニューが増えたこともある。

「じゃあ、後で亜衣ちゃんに出してやるか」

海坊主が白い歯を見せて笑うと、下のほうから声がした。

「──ヤサシイ!」

「ん!?」

「あら、海小坊主」

ロボットは二人を見比べた。目と口を曲線にして笑顔のマークを作り、

「ウミボウズ、ヤサシイネ！」

「そうね。優しいわね」

美樹がくすくすと笑い、海坊主は顔を赤くした。

「ふん！」

そんなやり取りがあった直後、亜衣のスマートフォンにメールが届いた。何度も文面を確かめて周囲を窺うと、海坊主の姿はどこにもなく、美樹とロボットがテーブルを片付けていた。

「あら、手伝ってくれるの？」

「オヤスイゴヨウ」

平和な会話が交わされる中、亜衣はスマートフォンをポケットに収めた。

「ありがとう」

そっと呟いて席を立ち、美樹の目を盗んで玄関を出る。

「亜衣ちゃん、アップルパイが――」

入れ替わるようにバックヤードのドアが開き、皿を持った海坊主が戻ってきた。

そこで異変を察し、美樹の背中に質問を投げる。

「亜衣ちゃんはどうした?」

「え?」

美樹は客席に目をやった。テーブル席には誰もいない。

「さっきまで……」

表の道路で急ブレーキの音がした。厳《いか》めしい巨漢が大型のワゴン車を降り、そこに女が近づくのが見える。

「……亜衣ちゃん!?」

亜衣は険しい顔で車に乗った。巨漢がぱちんと指を鳴らすと、ワゴン車の後部ハッチが開き、アサルトライフルを携えた二人の男が現れた。

「…………!」

男たちはスライドを引いてライフル弾を装填し、喫茶キャッツアイに向けて連射した。歩道に面した防弾ガラスに亀裂が入り、その周りが白く濁っていく。

「アワワ! アワワ!」

ロボットが警戒音を発して迷走した。海坊主はカウンターの裏に隠れ、落ち着いた口調で訊いた。

「大丈夫か、美樹？」

「ええ。一体どういうこと？」

美樹は床に伏せて冷静に応じた。詳しい経緯はわからないが、亜衣の件に絡んでいる可能性は高そうだ。

しばらくして連射がやんだ。海坊主が警戒しながら外を見ると、ワゴン車から別の男が降りてきた。肩には対戦車砲ＡＴ－４を担いでいる。

「美樹！」

海坊主が身を屈め、美樹は片腕を軸にしてカウンターに飛び込んだ。

対戦車榴弾が防弾ガラスを貫いた。オレンジ色の光が膨らみ、店内から大量の爆炎が吹き出した。

5

獠と香が喫茶キャッツアイの前に戻ったのは、ワゴン車が走り去った数分後のことだった。警察はまだ着いておらず、爆音を耳にした近所の野次馬が集まりかけている。

「亜衣ちゃん！　海坊主！」

「美樹さ～ん！」

玄関の扉は車道まで吹き飛ばされていた。獠はそれを横目で睨み、埃《ほこり》と煙まみれの店内に踏み込んだ。

「獠！」

香が止めようとした矢先、カウンターの奥に積み上がった瓦礫《がれき》が揺れ、はじけるように飛び散った。

「うおおおおお――！」

「えっ!?」

香が本能的に後ずさると、土煙の中に人影がぼんやりと浮かんできた。

「ったく、店を滅茶苦茶にしやがって」

海坊主の上半身が床から生えていた。地下の避難スペースに潜っていた海坊主が、力任せに扉を開けたのだった。

海坊主が床に手をついて外に出た。続いて美樹も姿を見せる。二人とも怪我はなさそうだった。

「良かった！　大丈夫?」

香が安堵して尋ねた。美樹は全身の埃を払いながら、

「ええ、でも亜衣ちゃんが……」

「妙だぞ獠。あの子、自分から奴らの車に乗り込んだ」

海坊主がそう告げると、獠は悔しげに顔を強《こわ》ばらせた。

対戦車榴弾を食らった壁は大きく割れ、食器棚の皿と壜《びん》は砕け散っていた。転がった椅子の脚は折れ曲がり、テーブル席のシートは黒く焦げている。惨状を把

握した海坊主ははっと息を飲んだ。

「どこ行った⁉ 返事しろ！ 無事でいてくれーっ！」

海坊主が手当たり次第に瓦礫を掘り、美樹はそれを後ろから見守っていた。

「ぬおっ⁉」

重なった木材の下にロボットが埋もれていた。海坊主は木材を払いのけると、両腕でロボットを抱きかかえた。

その時を待っていたように、暗転していた液晶に目と口が表示された。

「おお！」

「ヨウコソ……キャッツ……ア……イ」

異常を知らせるアラームが鳴り、合成音声がぐにゃりと歪んだ。空気が抜けるような音とともに液晶が暗転し、ロボットは完全に動かなくなった。

「うおおお！ 海小坊主〜！」

海坊主はロボットを抱きしめて慟哭《どうこく》した。

「その名前、採用なのね……」

美樹が困惑してそう呟くと、背後で聞き覚えのある女の声がした。

「――『ようこそ、キャッツアイ』か」

海坊主と美樹はびくりと身を震わせた。

「今の声は……」

「まさか……」

恐怖の面持ちでぎこちなく振り返る。三人の若い女が店内を見回していた。

「久しぶりね、お二人さん」

ストレートヘアの勝ち気そうな女――来生《きすぎ》瞳《ひとみ》がにこやかに言った。海坊主と美樹は埃まみれの床にさっと正座をした。

「ごご、ご、御無沙汰しております！」

海坊主が身を縮めて土下座をすると、美樹はあたふたと焦りながら、

「ここここ、これには深いわけがあるんです！」

「珍しく日本に帰ってきた時に、ちょうどこんなことになるなんて」

「ある意味、グッドタイミング！」

ボーイッシュな少女が茶化すように口を挟んだ。来生家の三女、愛《あい》だった。

「そうかしら。二人は最悪のタイミングだって顔してるけど」

ウェーブのかかった髪を揺らしながら、長女の泪《るい》が悪戯っぽく言った。

「滅相もございませんです！」

海坊主が必死に釈明していると、銃撃の跡を調べていた獠が近づいてきた。

「あら～！　お店は爆発、こちらはスタイル爆発――」

愛の尻を舐めるように見た獠は、泪の胸をまじまじと凝視し、瞳の肩に体をすり寄せた。

「ワン、ツー、スリーのトリプルもっこりちゃ――」

「失礼なことすんじゃねえ！」

香が攻撃するよりも一瞬早く、海坊主が獠を床に叩きつけた。

「つ、突っ込み早くないすか……」

瓦礫に頭を突っ込んだまま、獠は弱々しい声を出した。

「こちらはなあ！　こちらはなあ！　キャッツアイの大家さんなんだよ！」

「へ？」

香は目を丸くした。オーナーが若い美女だとは知らなかった。

海坊主は片手で獠をつまみ上げた。獠はぶら下げられた子猫のような体勢で、

「あ、そうなの？」

「どーもー♪」

愛想を振りまく愛。美樹は香の耳元に口を寄せた。

「しかも大富豪。本業は怪盗なの」

「ええっ!?」

「……こほん」

瞳がわざとらしく咳払《せきばら》いをした。美樹がその場に凍りつき、海坊主は急いでフォローを入れようとする。

「いやー！　本当に素晴らしい物件で！　いつも至る所をピカピカに磨いております！」

証拠を手で示そうとするが、そこにあるのは煤《すす》けたテーブルと椅子、散らばっ

た備品の残骸などだった。獠はカウンターの縁を軽くなぞり、指先の土埃をふっと吹いた。

「全然わかんねーよ」

「なんだと!?」

「とにかく、怪我人がいなくて良かったわ」

瞳はほっとしたように言い、すぐに怒りの表情に変わった。

「でも許せない」

海坊主と美樹がぎくりとして身を寄せる。瞳はあたりを見渡しながら、呟いた。

「――こんなことをした犯人がね」

いつの間にか警察が到着し、店の前は通行止めになっていた。混乱する車と歩行者を見やりながら、泪は不吉な予感に囚われていた。

「なにが起きようとしているの？　今、新宿で……」

6

「――なんであんなことを!?」

　ドミナテックタワーのＣＥＯ室で亜衣が激怒していた。喫茶キャッツアイで待てと指示されたものの、破壊するとは聞いていない。店に危害を加える理由はないはずだった。

「他の人を巻き込むことはないでしょ!?」

「ちょっとした御挨拶だよ」

　御国は涼しい顔で言った。亜衣の隣には氷枝が張りつき、迂闊な動きをしないように監視している。

「二人は無事なの？」

「そんなことより、君はこのために来たんだろう？」

　御国は内ポケットからひび割れたスマートフォンを出した。

「…………！」

亜衣は昨夜の電話を思い返した。御国は「お父さんの遺言を預かっている。愛する君への言葉だ」と語り、スマートフォンに残された動画の「亜衣、ごめん」という冒頭だけを流し、続きを聴きたければ迎えをやろうと告げたのだった。

「よほど気になるんだな。本当に一人で来るとは」

御国はスマートフォンをデスクに置いた。

「彼は私のもとでメビウスを完成させてくれた。君や君の母親に危害が及ぶと言ったらね」

「…………」

亜衣は強いショックを受けながらも、理性的に話を受け止めていた。父は妻子を守るために家を出た。母もそれを察していたのだろう。なにも知らないのは自分だけだった。

「だがそれを軍事用途に使うと知り、システムに厳重なロックをかけた。一度も起動できず、アクセスもできない以上、複製を作ることも不可能だった」

御国は窓のそばに立った。ガラスには亜衣の姿も映っている。

「そして、口を割らないまま死んだ」

「なにをしたの!?」

亜衣の中で最悪の想像が膨らんでいく。

「なにも」

御国が合図を出した。氷枝がリモコンのスイッチを押し、モニターにドライブレコーダーの映像が流れ始める。

「彼は自分で交通事故を起こしたんだ」

「…………！」

亜衣はモニターに集中した。異常なスピードを出した乗用車が、前の車両を危なげに追い抜いていく。ドライブレコーダーのカメラは一定の車間距離を保ちながら、その挙動を事細かに記録していた。

前方にタンクローリーが現れた。追突を避けようとした乗用車はガードレールに触れ、横倒しになって炎上した。

「…………」

あの中に父が乗っていた――その事実を直視した亜衣は、両親と暮らした日々を思い出していた。優しかった父。父を支えていた母。なにもわからずにいた自分。失われたものはもう戻らない。

思考力が回復するにつれて、悲しみは怒りに変わっていった。

「あんたたちのせいなの？」

口に出すことで感情が増幅されていく。

「あんたたちのせいなのね！　全部！　全部！」

脳科学者の父に目をつけたドミナテックは、介護ロボットを作るとでも伝えたのだろう。それは人の役に立ちたいという父の想いに重なる。軍事目的と知っていれば選択は違ったはずだ。

「パパがいなくなったのも、家族がバラバラになったのも、パパが……死んじゃったのも！」

亜衣は御国に詰め寄ろうとした。氷枝がすかさずその両腕を抑える。

「返して！　パパを返して！　家族を返してよ！」

「そう怒るな。昨日の続きを聴きに来たんだろう？」

御国はスマートフォンを手に取り、指先でアイコンをクリックした。

「不運な事故だった」

ロックをかけた純一が死亡し、完成したメビウスが封印された。これは御国にとっての不運だった。

娘に鍵を託《たく》したことはわかっていた。子飼いの連中に探らせたものの、当人にも自覚がないらしく、いっこうに鍵の在処《ありか》は摑めなかった。そこで実力行使を命じたところに厄介なボディーガードが現れたのだ。

「事故現場で拾ったこれに、君に宛てた動画が入っていた。復元するのには苦労したんだよ」

御国は恩着せがましくそう言った。

「――亜衣、ごめん」

スピーカーから純一の声が流れ出し、亜衣は氷枝の腕を振り払った。

「――離れてしまって本当に悪かった」

御国はそこで一時停止をかけ、スマートフォンを差し出した。亜衣が受け取って画面を見ると、乗用車の運転席でハンドルを握る純一が映っていた。事故の直前に撮ったものらしい。

亜衣は震える指でポーズを解除した。

「――いつだって、亜衣の瞳には幸せな未来が映っていたね。これから先もずっとずっと、亜衣が笑顔でいてくれることを願ってる」

「パパ……」

御国は涙をこらえる亜衣に背を向け、自分のスマートフォンを盗み見た。純一のスマートフォンのカメラと連動したそれには、亜衣の顔がアップで映っていた。

「――えっ!?」

純一のスマートフォンが光を放ち、カメラが亜衣の左目をズームアップした。その映像をスキャナのラインが横切り、御国のスマートフォンに「RECOGNIZED」の文字が表示される。

御国はにやりとして氷枝を見た。氷枝はテーブルの前に移動していた。テーブルにはノートパソコンのような端末が載っている。そのディスプレイが点灯し、画面に「REMOTE　MODE　ACTIVE」というメッセージが映った。

「メビウス、起動いたしました」

氷枝が事務的な口調でそう報告した。

「えっ!?」

亜衣が状況を摑めずにいると、御国は答え合わせをするように言った。

「ありがとう。メビウスの鍵は、君の瞳だ」

「…………?」

「酒井純一の最大の失敗は、メビウスの真の目的を知らなかった頃、その鍵を娘に托すと明かしたことだった」

御国は得々と説明を始めた。

「事故で死亡する直前、酒井純一は研究室で生体認証のシステムを使っていた。なんらかの生体認証データを確認した後、それを完全に破棄している。私はこれがメビウスの鍵に関係していると考えた」

「……………」

「あとは簡単だ。酒井純一が持っていた娘の生体認証データはなにか。君へのメッセージがそれを教えてくれた。メビウスに鍵をかけて逃走したのに、遺言がヒントになって解錠される。なんとも皮肉な話じゃないか」

「そんな……」

ようやく腑《ふ》に落ちた。父の動画を使って自分を呼んだのは、起動用の生体データを奪うためだった。己の軽率さが悔やまれた。

「世界に見せる時がついに来た。私の力を――」

余計な手間を強いられたものの、これで最後のピースが揃《そろ》った。御国は抑えきれずに笑みを洩らした。

「…………」

亜衣は折れそうな心を懸命に支えていた。父が命を賭《と》して封じたものが、軍事兵器として利用される。絶対に阻止せねばならない。

「君は父親の所へ送ってやる」

虹彩のスキャンが済んだ以上、もう小娘に用はない。御国は冷淡に宣告した。

「その前に餌になってもらおう。獲物は――冴羽獠だ」

7

壊れた店にいてもできることはなく、海坊主と美樹は冴羽商事のリビングで作戦会議に加わっていた。自分が受けた依頼ではないが、巻き込まれるのは毎度のことだ。店を壊されては黙っていられない。

「駄目だわ」

美樹はタブレットから顔を上げて言った。

「ＧＰＳから居場所がわかるかと……」

亜衣のスマートフォンの位置情報を辿り、非正規のルートで居場所を探そうとしたものの、それらしい電波は拾えなかった。

「どうしよう、獠」

香は焦っていた。亜衣がドミナテックの手に落ちたことは間違いない。そこにいるのは人の命などなんとも思わない連中だ。

獠がなにも答えずにいると、メールの着信音が鳴った。

「…………！」

リビングに緊張が走った。獠に届いたメールには「進藤亜衣に会いたければ指示に従え。場所と時間は追って指示する」と書かれていた。

「亜衣ちゃんに会いたかったら言うことを聞け、か」

獠が得心したように言った。海坊主は肩越しにメールを覗いて、

「どういうことだ？」

「奴らは亜衣ちゃんから鍵を手に入れたってことだろ」

「わざわざこんなお誘いが来るってことは——」

「ああ、狙いは俺だ」

当然とばかりに答える獠。香は激しく困惑した。

「だが、受けた仕事はやり遂げる」

獠がそう宣言した直後、筒状の紙を抱えた冴子が小走りで入ってきた。

「さあ、ケリをつけるわよ！」

ローテーブルに新宿の地図を広げると、冴子は熱っぽく語り始めた。

海坊主たちが引き揚げた後、獠と香はサエバアパートの地下に移動した。施錠されたドアから通路を抜け、八つのレーンが仕切られた射撃場に入る。棚にはライフルや拳銃が並んでいる。獠は無造作にウインチェスターM１８８７を手に取った。レバーアクション式のショットガンだ。

テーブルのマットにショットガンを載せると、獠は糸鋸《いとのこぎり》でバレルを切り始めた。砲身を詰めることで銃を軽量化し、弾頭の拡散範囲を広げられる。これは武器の利便性を増すとともに、集中力を高める儀式でもあった。

金属を削る音に抗うように、香が決意の表情で口を開いた。

「あたし、御国くんの所へ行く」

御国真司は他人を思いやる少年だった。その心を呼び起こせるのは、昔の姿を知っている者だけだ。自分にはなすべきことがある。

切断されたバレルが床を転がり、獠が好きにしろとばかりに頷いた。

「…………」

香は一人で射撃場を後にした。獠はショットガンに散弾を篭《こ》めてリロードし、人型の描かれた紙に銃口を向けた。


銃を持った傭兵たちが警備する中、一機のヘリコプターがドミナテックタワーのヘリポートに降り立った。

開いたドアから痩身の西洋人が現れ、パイロットと護衛に囲まれて歩いていく。その後ろには別のヘリコプターが見える。招待を受けた各国の来賓たちは、着々とステージに集まりつつあった。

数分後、プレゼンルームには六人の武器商人が集まっていた。東洋系と西洋系と中東系――いかにも国際色の豊かな面々が、大型モニターの前に並ぶソファーでその時を待っている。モニターとスピーカーはドアから見て左側に設置されており、正面は左半分がガラス窓、右半分が壁というデザイン。部屋の右端には数十センチの段差があり、その上には小さなバーカウンターが据えられていた。

「皆さん、お集まりいただいて感謝する」

御国が一同の前に歩み出た。氷枝はモニターの斜め前の操作台で待機し、列席者たちの挙動に目を光らせていた。ヴィンスは最後尾のソファーで脚を組み、ウイスキーを片手に状況を見守っている。その横にヴィンスのボディーガードが控え、ドアの脇には警備係として二人の傭兵が立っていた。

「武器輸出の新たな時代。それが今日まもなく幕を開ける」

御国はそう宣言して時計を見た。そろそろ冴羽に「20時。新宿南口」というメールが届く。亜衣を救うために現れた時——それがきさまの最期だ。

「兵器を売るのに領土問題や民族紛争はもはや必要ない。いつ起きるかわからない戦闘への不安が武器への需要を生み出す」

氷枝の前の床が左右に開き、プレゼン台がせり上がってくる。そこにはマイクを外したインカムヘッドセットのような装置――使用者の脳波を感知し、兵器を制御するためのシステムバイザーが置かれていた。

「その主役がメビウスだ」

御国が声のトーンを上げ、氷枝は自分の頭にシステムバイザーを装着した。

「たった八機のドローンによる全方位攻撃で、一個大隊を数分で殲滅できる。オーダーがあればすぐに世界のどこへでも届けられる」

豊洲に停泊するタンカーには、メビウスと連動したドローンが大量に積まれている。海外の工場で秘密裡に作らせたものだ。

武器商人たちの反応は上々だった。動作チェックを済ませた氷枝が頷き、成功を確信した御国はフェスティバルの開幕を告げた。

「――では始めよう。新宿ウォーフェアを」

第四章　新宿ウォーフェア

1

それは西新宿から始まった。

夜の大通りに停まったトレーラーのサイドパネルが開き、特殊コンテナに整然と並ぶ巨大な蕾《つぼみ》のようなものが露出した。艶消しされたボディーの中央には小型カメラ、下部には機銃が組み込まれている。それらは四基のアームを広げると、一斉にローターを起動して飛び立った。

大勢がその光景を目撃したが、これから起きることを予測できる者はいなかった。ドローンの編隊は徐々に速度を上げ、一直線に新宿駅を目指していく。初の実戦を控えたＡＩはまだ複雑な動きを学んでいなかった。

歌舞伎町の中央にある、映画館やゲームセンターのビルに囲まれたイベントスペース――シネシティ広場には、正体不明のトラックが現れていた。

コンテナの後部ハッチが開き、せり出したスロープが地面に着くと、積載物ががちゃがちゃと音を立てた。高さ一メートルほどの蜘蛛《くも》のようなロボットが次々に姿を見せ、四本の脚を交互に動かしてスロープを降りていく。胴体には機関銃が装備されているが、誰も本物だとは考えもしない。そこが映画館の近くであることも、宣伝のパフォーマンスと取られた理由だった。

緊張感のない観衆の注目を浴びながら、蜘蛛型ロボットたちは目的地への行進を続けていた。

異変はもう一つあった。

「圏外？　なんで？」

「あ、私も」

高層ビル街を歩いていた二人の女子大生は、スマートフォンの通信が途絶えたことに首を捻っていた。

西口のデパートでは女性客のブラウザが使えなくなり、歌舞伎町の若者は通話が切れたことを訝っていた。新宿駅では待ち合わせ中の人々がざわつき、界隈でなにかが起きていると感じ始めていた。

広域に及ぶ通信電波の妨害スキルは、戦場において強力なアドバンテージになり得る。これも御国のプレゼンテーションの一環だった。

プレゼンルームには背徳的な空気が漂っていた。

氷枝のこめかみでシステムバイザーのＬＥＤが明滅した。メビウスが検知した脳波は軍事衛星から現場に届き、ドローンや蜘蛛型ロボットを操ることになる。全機の緻密なコントロールではなく、攻撃対象と方針の指示を与えることが主な目的だ。

モニターには新宿の地図が映っていた。その上にドローンの位置を示す点が表示されると、画面はドローンの主観映像に切り替わり、新宿駅南口の夜景が後ろに流れていく。

「安心を得るには金がかかると、この国の人間が学ぶいい機会だ」

ヴィンスが愉快げに言い、御国はモニターに意識を集中させた。

「まずは新宿。世界一利用者の多い駅だ。しっかり見ておけ——槙村香」

2

新宿駅南口前の横断歩道を塞ぐように、一台のワンボックスカーが急停車し、男がスライドドアを開けて亜衣を突き落とした。

「えっ!?」

通行人たちが驚く中、ワンボックスカーはすぐに走り去った。亜衣が立ち上がると、周りの女性たちが心配げに集まってくる。

「怪我はありませんか？」

年配の女性が代表してそう訊いた。

「大丈夫です」

亜衣はそう答えて服の汚れを払った。確かに怪我はしていないが、御国は自分を餌と呼んでいた。その意図は明らかだった。

「…………？」

異音を察して振り仰ぐと、薄暗い東の空にドローンのV字編隊が見えた。

先頭のドローンがナイトビジョンを作動させた。視認性の上がったカメラで亜衣の顔を撮影し、解析データをメビウスに送信する。メビウスは顔認証のマーキングで効率的にターゲットを追尾できる。亜衣はその実験台だった。

三機のドローンが機銃を掃射した。通行人たちが散り散りに逃げ出し、車道沿いに走る亜衣を編隊が追う。身を隠せそうな場所は見当たらない。

「――こっちだ！」

そう叫びながら雑居ビルの陰から駆けてきたのは、大ぶりのコートを羽織った獠だった。

「冴羽さん！」

「待たせたな」

獠は翼のように広げたコートで亜衣を庇いながら、

「無事で良かった」

「あたしのせいなの！　海坊主さんたちは？」

「いいから走れ！」

南口の正面にある大型バスターミナル——バスタ新宿の案内板を横切り、エスカレーターを駆け上がる。ターゲットが視界から消えたことで、ドローンの銃撃は一時的に止まったようだった。

三階のタクシーフロアで足を休めながら、獠は亜衣を宥めるように言った。

「二人は無事だ」

「本当？」

「…………！」

猿は目を瞠った。窓の外でドローンが横一列に並んでいた。ドローンは追尾を諦めたのではなく、移動先を見越して動いていた。一斉掃射で窓ガラスが砕け、逃げ惑う人々が悲鳴を上げる。

「構わず行け！」

エスカレーターを走って高速バス乗り場のある四階に着く。待合室では旅行客がインフォメーションに殺到し、職員たちが右往左往していた。

「外だ！」

二人はその前を走り抜け、屋外の高速バス乗車場に飛び出した。

「…………!?」

真上からローターの回転音がした。猿が反射的に視線を上げると、ドローンがカメラの照準を合わせ、猿の顔認証データをメビウスに送信した。

「隠れろ！」

ドローンの攻撃が始まり、二人は柱の裏に身を潜《ひそ》める。猿はコートからショットガン――ソードオフのウィンチェスターM1887を抜き、素早くリロードして連射するが、ドローンの装甲は散弾を易々とはじき返した。

「硬いな。ならば弱点は……」

眼前のドローンが滑らかに動き、前傾して機銃を撃とうとする。獠はそのタイミングを逃さず、角度を計ってショットガンを放った。散弾がローターのブレードを破壊し、バランスを崩したドローンは銃弾を撒きながら墜落した。

仲間が減ったことを認識した残りのドローンは、陣形を変えるために左右に分かれていった。

「今だ！　バスに乗れ！」

「えっ!?」

「急げ！」

二人が停車中の観光バスに飛び乗ると、車体の陰に避難していた運転手が逃げ出した。運転席の鍵はシリンダーに挿さったままだった。

「奥に伏せて被《かぶ》っとけ！　防弾だ！」

猿は右手にショットガンを携え、左手で亜衣にコートを投げた。

「はい！」

亜衣は頭からコートを被って車両の後方に向かう。その間にドローンの群れはバスを取り囲み、新たなフォーメーションを築いていた。

すぐに一斉射撃が始まった。窓ガラスが次々に割れ、車体に無数の穴が開く。座席の間に潜っていた亜衣の上に、ガラスの破片がばらばらと降り注いだ。

猿は運転席の陰でショットガンをリロードすると、ローターを狙ってドローンを撃ち落とし、ライトをつけてバスを発進させた。バスは下りのトンネルに突入し、ドローンの編隊がその後を尾けていく。

一機のドローンがバスの左手に現れ、運転席を攻撃しようとした。

「しつこい奴らだ」

猿はハンドルを左に切り、バスの車体でドローンを壁に擦りつけた。金属の削れる音が続き、それはやがて爆発音に変わった。

トンネルを抜けたバスは交差点を右折し、スピードを上げて甲州街道を進んでいく。ドローンの群れは掃射しながら追尾を続けていた。

「どこへ行くの!?」

亜衣がコートの下から訊いた。獠はアクセルを踏みながら答えた。

「最高のデートスポットさ」

3

新宿上空を一機のセスナが飛んでいた。

鼻の下と顎に黒髭を蓄えた大柄な男――来生家の執事の永石定嗣《ながいしさだつぐ》が操縦桿を握り、その背後では瞳たちがスカイダイビングの準備を進めていた。

「あの……いつもその格好でお仕事を?」

香が不思議そうに訊いた。泪は濃い紫、瞳は青色、愛はオレンジのレオタードに身を包んでいる。

「うん、こんな感じ」

愛が快活に答えると、瞳が補足して言った。

「意外に見つかりにくいのよ」

「はあ」

香が微妙な気分を持て余していると、瞳は気遣うように尋ねた。

「本当にいいのね？」

最終確認だった。香は窓に映る夜景を眺めながら、両手の拳を握り締めた。

「あたしが止めなきゃいけない」

「………………」

瞳は無言で先を促した。

「公園で初めて会ってから、御国くんとはよく話をした。とても頭が良くて、家族想いの優しい子だった」

破壊された喫茶キャッツアイで会った時、香は三人に協力を仰いでいた。海坊主と美樹の態度から察するに、相当の大物であることは明白だった。もう手遅れかもしれないが、せめて御国と話をしたい――香がそう相談すると、三人は即座に諒承《りょうしょう》し、一緒に行くと答えたのだった。

「皆さんには感謝しています」

香は改めて頭を下げた。瞳は見えない敵に宣戦布告するように、

「新宿を戦場にするような人を放ってはおけない」

「店を壊された恨みもあるからねー」

愛がタブレットを操作しながら言い、外を見ていた泪が指示を出した。

「そろそろね」

「オッケー！　屋上の警備システムは押さえたよ！」

愛が軽快にそう報告した。詳しい理屈は知らないが、ドミナテック社のセキュリティが甘いわけがない。香は啞然《あぜん》とするばかりだった。

永石がエンジンを切り、プロペラを止めたセスナは静かに滑空を始めた。眼下にはドミナテックタワーが光っている。

瞳がドアを開き、機内に突風が吹き込んだ。

「準備はいい？」

「はい！」

香が大きな声で答えた。タンデム状態の香と愛が身を投げ、間を置いて泪と瞳もセスナを飛び出した。三つのパラシュートが開き、流れるようにドミナテックタワーのヘリポートへ迫っていく。

一人の傭兵がヘリの周りを巡回していた。香と愛が死角に降り立ち、パラシュートのキャノピーが自動的に外れると、愛はタンデム用のロープを解いた。

「ん？」

傭兵が人影に気付き、肩のサブマシンガンに手を伸ばす。背後にふわりと着地した瞳が後ろ回し蹴りを叩き込み、傭兵はあっけなく気を失った。

「どうした？」

物音を耳にした別の傭兵は、三人の姿を視認してサブマシンガンを構えた。そこへ背後からの鋭いキックが入り、傭兵は武器を落として崩れ落ちる。

片脚を浮かせた姿勢のまま、泪はとぼけたように言った。

「ごめんなさい。お店を壊されて力が入っちゃった」

「ナイスキック、泪姉《ねえ》！」

愛がはしゃぎ声を上げた。泪がサムズアップで応え、瞳と愛はその両隣に駆け寄っていく。

「あの店、爆破した犯人に借りを返してきて」

瞳が任せたとばかりに言い、愛は頭上で両手を広げてみせた。

「うん、ドッカーンって！」

「もちろん！　ありがとうございました！」

香は通用口の扉を開け、タワービルの内部に通じる階段を降り始めた。

4

獠と亜衣を乗せたバスは、ドローンの銃撃を浴びながら東へ進んでいた。

広い三叉路《さんさろ》を越えて少し進むと、右手に「新宿遊園　中央門」と書かれた看板が見える。獠はハンドルを右に切った。

「さあ、今夜は貸し切りだ」

「えっ!?」

バスは施錠された門扉を突き破り、チケット売場の木戸を壊し、そのまま園内に突入した。そのあとをドローンの編隊が追撃していく。すでに閉園時刻は過ぎており、従業員や入場客はいないようだった。

新宿遊園は新宿区と渋谷区にまたがる約六十ヘクタールの国民公園である。塀で囲まれた敷地内では、多彩な森林や広場が管理されている。桜をはじめとする樹木は一万本を超え、年間の入場者数は二五〇万人を超える都民の庭だ。

群れを離れたドローンがバスの前に現れた。獠は片手でショットガンに散弾を篭め、ローターを狙って撃ち落とし、その機体をバスで踏み潰す。圧力への耐性は低いらしく、装甲の砕ける感触が返ってきた。

ベンチに囲まれた巨木の脇を抜け、休憩所を通りすぎると、池沿いの小径にライトを消した車が停まっていた。冴子の愛車ポルシェ911だ。

バスはその横に急停車し、亜衣がステップを飛び降りた。ポルシェのドアが開き、運転席の冴子が呼びかけてくる。

「亜衣ちゃん、乗って!」

「……冴羽さん、御国を止めて!」

助手席に乗り込む直前、亜衣は祈るように叫んだ。

「言っただろ。美女の依頼は断らない」

獠はきっぱりとそう答えた。圧倒的な戦力の前でも信念は変わらない。亜衣はそのぶれない強靱《きょうじん》さに驚嘆していた。

亜衣を乗せたポルシェが走り去ると、出番を待っていたかのように、バスの陰から一ダースほどのドローンが現れた。

「また、いっぱいわいてきたな」

獠は近場の林に身を隠し、正確な狙撃でローターを壊していく。最初の変化が生じたのは、三機目を落とした直後だった。一機のドローンがフェイントめいた動きを見せ、獠の背後から発砲した。これまでにない攻撃パターンだった。

リアルタイムで進化するＡＩは分散を学習し、獠を包むような陣形を採っていた。攻撃力と戦術で標的を追い込む。兵器としての優秀さは疑いようもない。

進路を塞がれる前に動く必要があった。獠はショットガンを連射し、林の反対側の歩道へ抜け、ゆるやかな丘の手前で足を止めた。

「…………！」

四本脚で機銃を構えた十機ほどの蜘蛛型ロボットが、群れを成して丘を降りてきた。後方からはドローンが迫っていた。戦闘を回避できるルートはない。獠はショットガンに散弾を篭め、振り返ってドローンに狙いをつけた。

その時、丘の上で爆発音がした。

「——うおおおお！　どきやがれ！」

怒声とともに突入してきたのは、ＳＭＡＷロケットランチャーを肩に抱えた海坊主だった。対戦車榴弾が蜘蛛型ロボットの一機に命中し、そのボディーを粉砕していた。

「店の恨みだ！」

蜘蛛型ロボットの群れはさっと身を引き、第二の攻撃に備えていた。海坊主は砲弾を詰め替えると、ロケットランチャーを両腕で高く掲げた。

「そんでこいつは、海小坊主の分！」

直撃を受けた蜘蛛型ロボットが大破し、残りの機体があたふたと離れていく。

「派手にやってくれんじゃねえか」

獠が口笛を吹いた。海坊主は使い終えたカートリッジを捨て、新しいカートリッジを装塡した。

「蜘蛛どもは任せろ」

「頼む！」

獠は分散した蜘蛛型ロボットの間を突っ切り、遊園の奥へ消えていく。海坊主はドローンの群れに砲口を向け、その一機を軽々と撃墜した。

「おまけだ！」

「――封鎖急いで！　新宿遊園を封じ込めるわよ！」

警察車両の押し寄せた外周道路では、冴子が懸命に指示を飛ばしていた。機動隊が通行止めの表示板を立て、警察官たちはカラーコーンを並べている。規制線を示す黄色いテープの外では、怪我人に備えて救護班が待機し、報道陣が少しでも情報を得ようと犇《ひし》めいていた。

「冴羽さん……」

亜衣はブロック塀を不安げに見つめていた。その先では落雷のような光と爆発音が続いている。

「まずいぞ、こいつは」

下山田はスマートフォンから顔を上げ、緊張の面持ちで冴子を見た。

「ドローンの電波で通信障害も起きてる。官邸が動くのも時間の問題だ」

「絶対に抑えて。これで騒ぎが広がれば、メビウスに注目を集めたい奴らの思う壺です」

冴子がぴしゃりと言った。下山田は剣幕に押されて軽くたじろいだ。

「わ、わかってる」

通じないスマートフォンをポケットにねじ込み、下山田は園内の戦闘に思いを馳《は》せた。こんな事態は前代未聞だ。どんな結末を迎えるにせよ、平穏無事に片付くはずがない。

「……肝が据《す》わってやがる」

5

蜘蛛型ロボットたちはフォーメーションを組み直し、銃撃を浴びせながら海坊主を追っていた。

海坊主は空のロケットランチャーを投げ捨てると、相手との間合いを計りつつ、おびき寄せるように丘の裏手に回り込んだ。木の根元に滑り込み、隠しておいたロケットランチャーを拾い、すかさず立ち上がってトリガーを引く。対戦車榴弾は敵陣の中心で炸裂《さくれつ》し、三機の蜘蛛型ロボットが爆風に煽《あお》られて転覆した。

「ふははは！　ざまあみろ！」

脚をじたばたと動かす機体を見下ろしながら、海坊主は勝ち誇るように笑った。

「ひっくり返ったら起き上がれないだろ！」

三機が道を塞いだことで、残りの蜘蛛型ロボットは前に進めない。海坊主は予備の砲弾を背負い、次の攻撃に取りかかろうとした。

しかしその考えは甘かった。状況を理解したそれらは脚を上下にぐるりと回し、機体を逆さにした格好で起き上がった。機銃は脚の間に移動している。

「……ん？」

体勢を整えた機体が動き出すと、他の機体も歩調を合わせて進撃を再開した。

「うおーっ！」

海坊主は空のロケットランチャーを放り出し、大急ぎで逃げ出した。

「そんなんありかーっ!?」

リアルタイムの状況に対応することで、蜘蛛型ロボットは移動速度を増していた。今はどうにか距離を保っているが、いずれ追いつかれる可能性は高い。海坊主は柵に囲われた花壇を迂回《うかい》し、人工池のアーチ橋を走り抜けた。

「ほーら、来い来い」

橋を渡った先の木に近づき、物陰から新しいロケットランチャーを拾う。敵は橋の中腹に差しかかっていた。

「食らえ！」

海坊主の放った対戦車榴弾は橋を爆破し、その破片とともにすべての蜘蛛型ロボットが池に落ちた。

「うははは！　電気メカは水に弱いと相場が——」

高笑いをする海坊主。その笑顔はすぐに凍りついた。

「——なっ⁉」

蜘蛛型ロボットは水中を歩いていた。そのまま畔《ほとり》に辿り着き、何事もなかったように次々に上陸してくる。

「セオリー無視か！」

海坊主はランチャーを抱えて駆け出した。蜘蛛型ロボットは隊列を組み直し、機銃を掃射しながらその後を追う。

「うおーっ！　来るんじゃねえええ！」

6

遊園の南西部ではドローンとの交戦が続いていた。

猿は小川のある遊び場を走り抜け、木陰でショットガンに散弾を二発篭めた。ドローンは等間隔に散らばり、じわじわと包囲を狭めるように動いていた。

情勢は変わりつつあった。猿が正面のドローンを撃つと、機体はさっと傾きを変え、散弾を防護カバーではじき返す。同じ方法で機体を壊されるうちに、ＡＩは弱点を守ることを学習していた。

「角度を修正してきたか」

そう呟いた直後、眼前に別のドローンが現れた。まったくの不意討ちだった。猿は前方に転んで受け身を取り、起き上がりざまにショットガンを連射した。ドローンはその二発を跳ね返し、水平に移動して銃撃を浴びせてくる。

「ずいぶんお利口になっちまったな」

獠は高台の大岩広場に向かった。円形のスペースに巨大な岩が並び、オブジェめいた存在感を示している。背後に見えるドミナテックタワーの威容とあいまって、そこには現代アートのような趣《おもむき》があった。

獠は大岩の陰に身を潜めると、ローターの音を頼りに状況を探った。岩の隙間は迷路のように入り組んでいる。連携を覚えたドローンは待ち伏せと追撃に分かれ、それぞれの任務を果たそうとしていた。

獠はショットガンを置き、幾多《いくた》の窮地をともにした相棒――コルト・パイソン357を懐から抜いた。マグナム弾を装填できる強力な拳銃だが、破壊力はショットガンには及ばない。

岩を盾にして敵の位置を把握した獠は、慎重に狙いをつけて発砲した。乾いた音がしてドローンが墜落する。銃口の先にある機体ではなく、その斜め下を飛んでいた機体だった。

続けて二発目。今度は上空のドローンが制御を失い、岩の突端にぶつかって大破した。獠はふっと笑みを浮かべ、自分を見ているであろう相手に呼びかけた。

「遠くにいちゃあ見えないぜ。戦場の本当の顔って奴はな」


「――なにが起こっている？」

武器商人たちの間でざわめきが起きた。学習を重ねたドローンが次々に撃墜される。その原因がわからない限り、メビウスを買うわけにはいかない。

「フルメタルジャケット弾……」

システムバイザーを指で押さえながら、氷枝が信じられないという顔で呟いた。

「銃弾を跳ね返らせてローターを破壊している」

他の機体を反射板に使い、角度を変えてローターを撃ち抜く。拳銃に慣れた氷枝だからこそ、その技術の凄《すさ》まじさが実感できた。

「さすがだ。相手にとって不足はない」

御国は余裕の口ぶりだった。しょせんは量産機を攻略されたに過ぎない。奥の手は残してある。簡単に死なれては興醒めというものだ。

その言葉を耳にしたヴィンスは、いつになく強い語調で命令した。

「シティーハンターにこだわるな!」

本筋を逸れないこと——これはヴィンスの鉄則だった。目先の利益や感情に流されず、着実にミッションを遂行する。それこそが成功を導くのだ。

「奴を倒すのが目的ではない! メビウスの能力を示せればいいんだ!」

「示しますよ」

御国が操作台のボタンを押すと、床下から二つ目のプレゼン台がせり上がった。

そこにはメビウスのシステムバイザーが置かれていた。

御国はシステムバイザーを装着し、敵意を剝き出しにして言った。

「私が奴を超える兵士になる。奴を殺してね」

7

「——最後の一機だ」

銃弾は街灯のポールに当たって跳ね、ドローンのローターを撃ち抜いた。

残機がいないことを確認すると、獠はコルト・パイソンをリロードした。周囲に先程までの喧噪はなく、夜風の音だけが響いている。

「………………？」

虫の羽音のようなものが耳を掠めた。それは次第にボリュームを増し、重厚なモーター音に変わっていく。

「来たな」

獠は音のするほうを見た。新宿の高層ビル群を背景にして、巨大なドローンが空中にぬっと現れた。エンジェルシャークに似たフォルムで、左右の主翼と尾翼にあたる部位に合計四つのローターが組み込まれている。全長は約六メートル。主翼部の幅も四メートルはありそうだ。

機首のライトが射るような光を放ち、放熱ハッチが蒸気を吹いた。

「鋼の死神って奴か」

獠はローターを狙撃した。小型のドローンとは鋼材が違うらしく、回転するブレードは銃弾をはじき返した。攻撃を受けたと判断した鋼の死神は、ローターの外縁部を鉤爪のように曲げ、すべてのブレードを覆い隠した。

「頑丈なうえにシールドありか？　反則だろそれ……」

鋼の死神がレーザーサイトを起動した。胸元の光点に気付いた獠が横に飛ぶと同時に、胴体下部のハッチが左右に開き、小型のロケット弾を四発詰めたシリンダーが現れた。

「…………！」

一発目の小型ロケット弾は獠がいた場所に着弾し、その下の岩を打ち砕いた。逃げる獠を追って照準が動き、二発目、三発目、四発目が連射される。岩の破片と爆風を浴びながら、獠は前のめりに林の中へ駆け込んだ。

上空から先回りした鋼の死神は、林の奥で獲物が来るのを待っていた。照準レーザーに気付いた獠が引き返すと、ロケット弾が周囲の木々を吹き飛ばし、太い枝が獠の背中を直撃した。

「……くっ！」

林の中はむしろ危険だった。猿は林を出て芝生を走り、鋼の死神が激しく追撃する。ひっきりなしに爆炎と飛散物を浴び、幾度も地面を転がされるうちに、獠の体力は着実に削られつつあった。

獠は一気に土手を駆け上がると、行き止まりの土塀から数メートル下の歩道に飛び降りた。その瞬間、鋼の死神はロケット弾を水平に放ち、それは直進してブロック塀の外に消えていった。

ロケット弾は外周道路を横切り、飲食店が入った二階建てのビルを直撃した。

「爆発したぞ！」

規制線の外にいた報道陣が声を上げ、冴子は唇を強く結んだ。通信妨害のおかげで情報は広まっていない。音を聞いた人は花火程度にしか思わないはずだ。

道端に待機していた救急車の周りでは、救急隊員たちが負傷者の対処にあたっていた。足を引きずる女性記者を目にした亜衣は、突き動かされるように駆け寄って肩を貸し、救急車の後部までゆっくりと誘導した。

「そこへ腰かけてください。すぐに手当てします」

救急隊員から備品を受け取り、患部を冷やして添え木を当て、包帯を強く巻いて固定する。一通りの処置を済ませた亜衣は、別の怪我人を探すために走り出した。亜衣の胸にあるのは怒りや悲しみではなく、手の届く相手を救いたいという想いだけだった。

道路沿いに一つだけの電話ボックスでは、下山田が警視庁に現状を報告していた。乱暴に受話器を戻して表に出ると、気弱げに冴子に話しかける。

「無理だ。これ以上は官邸を抑えきれん。騒ぎになるぞ」

「仕方ないわね」

冴子は園内の空を見やった。ここで野望を阻止できなければ、世界中に災厄の種が広まってしまう。

「戦闘が続いている間は、獠は無事です。信じましょう、獠を」

8

御国はゲームを楽しむようにモニターに見入っていた。

猿は土手の脇をぐるりと迂回し、大きな葉の生い茂る森に入った。鬱蒼《うっそう》とした木々が目隠しになり、その姿は上空からは捉えられない。

「隠れたつもりか」

メビウスが御国の脳波を受け、モニターが薄暗い画面に変わった。その中央では小さな赤いシルエットが動いている。

鋼の死神のハッチが開き、シリンダーからロケット弾が射出された。それが着弾するよりも一瞬早く、殺気を察した猿はその場を離れていた。

「熱源センサーか！」

森に潜む意味はなかった。猿は見通しの良い歩道に出ると、ジグザグに走ってロケット弾を避け続けた。四発目のロケット弾が道沿いの煉瓦《れんが》を砕き、空のシリンダーが鋼の死神に格納される。

「一、二、三——」

そう呟きながら獠が辿り着いたのは、中央に噴水のある円形広場だった。隠れる場所はどこにもない。鋼の死神は獠の正面でホバリングした。

「私の勝ちだ。冴羽獠」

御国がほくそ笑んだ。標準画面に戻ったモニターの中では、足を止めた獠が両膝に掌を載せ、苦しげに荒い息を吐いていた。土砂で黒ずんだ顔と両腕には、無数の痣《あざ》や切り傷が刻まれている。

生身でここまで戦ったことは褒めてやるがそろそろ限界だろう。得られたデータは有効に使わせてもらおう——そんな御国の心とは裏腹に、ヴィンスは疑わしげにモニターを注視していた。

「死ね！　冴羽獠！」

御国が怨念をぶつけるように叫び、鋼の死神がハッチを開いた。ロケット弾の詰まったシリンダーが姿を見せ、その尖端が獠に向けられる。

その時、ドアの開く音がした。

「――やめて！」

拳銃を構えた女が飛び込んできた。武器商人たちは腰を浮かせて警戒し、二人の傭兵は武器を手に取った。

「香さん!?」

操縦者の思考が乱れたことで、メビウスシステムにわずかなノイズが生じた。鋼の死神が機体を左右に揺らし、モニターの映像が大きく揺れる。

「……香か？」

状況を悟った獠が広場を脱出し、御国は平然とそれを見送った。すでに勝負はついている。寿命が数分延びるだけのことだ。

「変わらないな、君は」

「何故こんなひどいことを！」

香は拳銃を持ったまま詰め寄った。

「何故？　力は行使して初めて価値が出る」

御国は眉を逆立たせると、香の目を射るように見据えた。

「そうだろ?」

「御国くん……」

香は絶句した。あの少年はもう存在しない——そう認めるしかなかった。

氷枝は懐に拳銃を握り、いつでも撃てる準備を整えていた。御国はそれを手で制しながら、

「それこそが世界の真実だ」

「昔はあんなに優しかったのに……」

香が痛みを堪えるように言い、御国は苛立たしげに声を荒らげた。

「そんなものはまやかしだ。私は変わった。力を手に入れたんだ」

「だからって、新宿を戦場にするなんて!」

御国は窓の外の夜景を睨みつけた。

「両親を殺した街。私を追い出した街。何一つとして良いことのなかった街。消えてしまってもいい——むしろ滅ぶべき街だ」

香はその言葉にショックを受けていた。小学生の頃によく遊んだが、それ以降のことはなにも知らない。転居の理由も聞かされなかった。あれは大人が伏せていたのだろう。

「あたしと出会ったことも……」

香はそこで口を閉じた。御国は一瞬動きを止め、すぐに話を再開した。

「この街には真実を教わった。そのことだけは感謝している。力こそが正義だと教えてくれたのは、ほかならぬ君じゃないか」

「………!?」

意味がわかるまでに数秒かかった。小学生の自分にとって、悪ガキを倒すことは一点の曇りもない正義だった。それが御国の行動原理――力こそがすべてだという妄執のきっかけになったのか。

「大事なものを守れなかったのは、私に力がなかったからだ。あまりにも単純な真実だ。君も本当はわかっているんだろう？」

＊　＊

御国の父親――御国耀司は町医者だった。

「家の病院を引き継いだ自分は、最初から恵まれている。だから受け取るよりも与えるものが多いほうが自然なんだよ」

よくそう口にしていた耀司は、献身的な医師であるとともに、地域の相談役のような立場でもあった。御国の目にも与えるものが多いことは明らかで、それは彼の誇りだった。耀司の教えを受けた御国もまた、献身を旨とする子供だったのである。

運命の歯車が狂ったきっかけは、新宿で羽振りを利かせていた組織のトップの一人娘――十二歳の少女が重病にかかったことだった。

あらゆる病院が及び腰になる中、流れ着いた彼女を受け入れたのが耀司だった。昼夜を問わずに治療を続け、七日目に小康状態になった時、少女の父親は手下を連れて病院を訪れ、全員で土下座をして感謝を告げた。

そして八日目の夜、少女は急性の発作で命を落とした。

少女の葬儀が済むと同時に、御国家は執拗な攻撃を受けることになった。直接的な暴力や脅迫ではなく、誰も接触できないように圧力をかけるという手段に対しては、警察を頼ることも難しかった。

少女の父親も耀司に罪がないことはわかっていた。それでも怒りの対象は必要だった。仲間たちへの手前もあった。つまりは自分の世界——新宿から御国の存在を消したかったのだ。

耀司に救われて「いつか恩を返す」が口癖になっていた者を含めて、周囲の人間は無言で離れていった。彼らは当然のように力に屈していた。御国はそんな空気の中で数年間を過ごし、両親と共に新宿を離れた。心労で患っていた母親が亡くなり、後を追うように耀司が病死するのはその五年後のことだ。

遺産を使って知人のいない土地——アメリカの大学へ留学した御国は、一つの信念を確立していた。悪を倒すには力が要るが、それは真実の断片に過ぎない。

そもそも絶対的な悪など有り得ない。ただ一つ確かなのは、力のある者が勝つ現実だけだ。真実はあまりにも明快だった。

力を持つことが正義なのだ。

*　*

「あなたは家族を失う悲しみを知っている。どうして亜衣さんの家族を奪うようなことを……」

「酒井純一には利用価値があった。彼の研究はメビウスの開発に必要だった」

御国は淡々と答えた。質問そのものが理解できないという顔つきだった。

「メビウスはドミナテックを世界的な企業に押し上げ、私に絶対的な力をもたらしてくれる」

「そのために亜衣さんの家族は――」

「酒井純一には力がなかった。力があれば自分と家族を守ることができた」

御国はすっと手を挙げた。待機していた傭兵たちが動き、香は拳銃を奪われてあっさりと拘束された。

「そこで見ているがいい。冴羽獠が死ぬところを」

結束バンドで両手を縛られた香は、傭兵に挟まれて壁際に立っていた。御国はモニターに意識を戻した。

「さて、どこへ逃げた？」

9

海坊主は溶岩広場を走っていた。火山の形の大岩から溶岩を模した赤い水が流れ、その周囲にはアーチ状や球形の岩が散らばっている。

蜘蛛型ロボットの速度はさらに増していた。海坊主が岩場を縫うように進む間、相手はその上を乗り越えてくる。両者の距離は縮まるばかりだった。

「ちっ！」

アーチ型の岩に隠したロケットランチャーを回収すると、海坊主は追ってくる蜘蛛型ロボットを破壊し、横に現れたドローンを撃ち落とした。

新しい動作を覚えた蜘蛛型ロボットが、蛙《かえる》のように跳ねて機銃を放った。海坊主はすかさず岩陰に入り、そこで予備のカートリッジを確保し、さらに二機の蜘蛛型ロボットを撃破する。

「ふん、これでおしまいか」

無造作に空のロケットランチャーを放り出す。その直後、背後の穴——噴火口に似せた窪地から四機の蜘蛛型ロボットが這《は》い出した。

「なにっ!?」

海坊主は脱兎のごとく走り出した。手持ちの弾薬を使い切った今、逃げる以外の策はなかった。

「どんだけいるんだ！」

広場を見下ろす崖の上では、戦闘服姿の美樹が作戦を進めていた。ＭＧＬ－１４０グレネードランチャーを構え、偵察用のカメラ弾を撃ち上げる。上空でカメラを吊ったパラシュートが開き、小さく揺れながら下降を始めた。

美樹がスマートフォンで映像を受信すると、激しい銃撃を避けながら、必死の形相で走る海坊主が映っていた。

「──来る」

グレネード弾を装塡して待つ。海坊主と蜘蛛型ロボットが迫ってきた。

「くそっ！　次の隠し場所は遠かった！」

「さすがねファルコン！　囮《おとり》になるなんて！」

美樹が崖の上から呼びかける。海坊主はきょとんとして顔を上げた。

「へ？」

戸惑う海坊主をよそに、美樹はグレネードランチャーをぶっ放した。直撃を受けた蜘蛛型ロボットが大破し、海坊主の巨体が爆風に吹き飛ばされる。

「うおおおおお！」

「いいわよ！　もっと引きつけて！」

「あ!?」

美樹はグレネード弾を連射した。蜘蛛型ロボットが次々に爆発し、火柱と煙が吹き上がり、海坊主の姿は完全に見えなくなった。

「久しぶりね。こんなコンビネーション」

美樹は満足げに髪を掻き上げ、グレネードランチャーを肩から下ろす。爆煙が風に流されると、地面に伏せていた海坊主が体を起こした。

「ずいぶん豪快だな……」

「だって不死身でしょ、ファルコン」

美樹がしれっと応じた。これも一つの信頼の表れだった。

「あら？　もう一匹いたはずよね」

実戦経験を得たＡＩは想像以上に優秀だった。敵をいち早く認識した蜘蛛型ロボットが一機、美樹の背後に忍び寄っていた。

「…………！」

危ういところで銃撃をかわした美樹は、崖っぷちに向かってダッシュした。

「美樹！」

蜘蛛型ロボットが速度を上げる。美樹は崖の突端で体を反転させ、後方に倒れながらグレネードランチャーを放った。それは蜘蛛型ロボットを打ち砕き、美樹の体は反動と爆風を受けて宙に投げ出された。

「………」

仰向けに落ちた美樹の体は、海坊主の伸ばした腕に柔らかく着地した。

「ファルコン……」

美樹はびっくりしたように瞬きを繰り返した。

「無茶すんじゃねえ」

海坊主が真面目な声で叱ると、美樹は悪戯っぽくその首に抱きついた。ファルコンが私を守らないはずがない。驚いたふりをしたのは軽い冗談だ。

「信じてた」

美樹の頬の感触が広がり、海坊主の上半身が赤く染まった。

10

鋼の死神は正常なコントロールを取り戻していた。

広場からの遊歩道を辿っていくと、水草に覆われた池があった。その先には原型を失った大岩広場とドミナテックタワーが見える。獠が消えた時間を考えても、さほど遠くには行っていないはずだった。

視認できない場所に潜んだ可能性もある。御国は熱源センサーを起動させた。薄暗いモニターを凝視するものの、人間らしき熱源は見当たらない。

「まさか……」

その想像は当たっていた。池の中で影がゆらりと揺れ、獠が水面から顔を覗かせた。鋼の死神が離れたタイミングを狙い、水底を蹴って遊歩道に飛び出し、全速力で高台を目指す。鋼の死神は機首を反転させ、ハッチを開いてシリンダーを露出させた。

猿は追撃をかわしながら岩山を登り、その頂上でぴたりと足を止めた。

「行けっ！」

御国が渾身《こんしん》の叫びを上げる。鋼の死神はレーザーサイトを猿の胸に当て、四発目のロケット弾を射ち出した。

「…………」

猿は軽やかなステップで横に移動し、踊るように身を翻した。狙いの外れたロケット弾は一直線に夜空を貫き、その延長線上にあるもの——ドミナテックタワーの中層階に突っ込んでいく。

「なにっ⁉」

激しい揺れに襲われたプレゼンルームでは、御国が目の前の台にしがみついていた。武器商人たちはソファーを転げ落ち、氷枝は辛うじて姿勢を保っている。香と傭兵たちは壁に手をついて体を支えていた。

ヴィンスはソファーに深く座ったまま、唖然としている御国を怒鳴りつけた。

「言っただろう！　奴に執着するなと！」

シティーハンターが池に潜ったのは、熱源センサーを使わせたうえで、すぐには攻撃できない状態を作るためだ——ヴィンスは即座にそう見抜いていた。熱源を示すモニターに遠景は映らず、標的の先にあるドミナテックタワーを目視できない。その弱点を突かれたのだ。

「冴羽ああああ！」

御国の怒りが届いたかのように、鋼の死神が放熱ハッチから蒸気を吹いた。

「どこだ！　どこにいる！」

御国は鋼の死神を旋回させた。小細工に不意を突かれたものの、圧倒的な優位に変わりはない。遊びは終わりだ。一秒でも早く殺してやる。

出鱈目《でたらめ》にカメラを動かしていると、熱源センサーに反応があった。人工の岩山の奥に赤いシルエットが見える。岩山は短いトンネルになっていた。獠はその先に潜んでいるらしい。

「見つけたぞ、冴羽ああ！」

御国が上ずった声で叫んだ。ヴィンスは不快げに鼻を鳴らし、香は心配顔で推移を見守っていた。

鋼の死神はトンネルに侵入すると、展望台に通じる脇道を通りすぎ、出口の手前でホバリングした。

「出てこい冴羽！　熱源センサーで感知してるぞ！」

「………………」

出口の左側から姿を見せた獠は、中央まで悠然と歩いて動きを止め、鋼の死神を直視した。手に武器は持っていない。

「そこがきさまの墓場だ！　行けえっ！」

御国がヒステリックに絶叫すると、鋼の死神がハッチを開き、ロケット弾のシリンダーが現れた。

レーザーサイトのラインを見切った獠は、最小限の動作で四発のロケット弾をやりすごした。鋼の死神が空のシリンダーを収納してハッチを閉じると、小声でカウントダウンを開始する。

「七、六、五――」

ロケット弾の装塡音がした。

「四、三――」

ハッチが開いてシリンダーが姿を見せる。獠は懐からコルト・パイソンを抜き、静かに撃鉄を起こした。

「二、一――」

最初のロケット弾が射出されると同時に、狙いをつけてトリガーを引く。ロケット弾と銃弾が真正面からぶつかり、閃光《せんこう》を放って炸裂した。連射された二発目のロケット弾が誘爆し、装塡されていたロケット弾が炎に包まれ、その炎は武器庫の火薬を巻き込んでいく。

厚い装甲に覆われた機体の中で、爆発の連鎖反応が生じていた。籠もった破裂音が繰り返された後、鋼の死神は放熱ハッチから黒煙を吐き、内圧に耐えきれずに木っ端微塵《こばみじん》に飛び散った。

トンネルの前後から強い光が漏れ、岩山は沈むように崩落を始めた。

「馬鹿な……」

御国が茫然と立ち尽くし、ヴィンスは忌々しげにそれを睨みつける。もう現地の状況はわからない。香はモニターの砂嵐を見つめるばかりだった。

「獠……」

11

岩山は完全に崩壊していた。

爆心地はクレーター状に抉《えぐ》られ、その周囲に円を描くように岩が積み上がっていた。爆音が嘘のように静まり、火薬臭の混じった土煙が舞い、星のない夜空に拡散していく。

折り重なった岩の中で音がして、板状の岩が蹴り出されると、その奥には土砂まみれの獠の姿があった。獠はコルト・パイソンを撃つと同時にトンネルに駆け込み、展望台へ通じる脇道に身を隠していた。細長い脇道が防空壕として機能したのだった。

ドローンや蜘蛛型ロボットの姿はすでになく、戦いは新たな局面を迎えようとしていた。獠が瓦礫の山を乗り越えると、眼下の歩道にランドクルーザーが停まった。運転席に美樹が座り、後部座席では海坊主が控えている。

「――乗れ！」

海坊主がドアを開け、獠は飛び乗ってドアを閉めた。ランドクルーザーは急発進して丘を登り、大岩広場の横を駆け抜ける。

「行くわよ！」

美樹がアクセルを踏み込んだ。高台からまっすぐに飛び出した車体は、遊園のブロック塀を飛び越し、ドミナテックタワーの前庭に着地した。

「なんだ!?」

傭兵たちが慌てふためく中、ランドクルーザーが植え込みの脇に停まり、三人は石畳に降り立った。獠はコルト・パイソン357で一人ずつ狙撃し、海坊主はMG-42マシンガンで衝立《ついたて》ごと敵を倒し、美樹はMGL-140グレネードランチャーで擲弾《てきだん》攻撃を重ねる。それぞれの戦法で前進した三人は、ものの数分でドミナテックタワーの正面玄関に到達した。

海坊主がマシンガンで玄関のガラスを粉々にすると、獠は先陣を切ってタワーに駆け込み、ロビーの角から身を乗り出して見張りの傭兵を撃ち倒した。

「先に行け！　ここは任せろ！」

海坊主がマシンガンの弾帯を換えながら言った。

「すまん！」

獠は長い廊下を走り抜け、突き当たりの非常口に向かった。騒ぎを聞きつけた傭兵たちが押し寄せ、海坊主はマシンガンを連射して薙《な》ぎ払う。そこに美樹のグレネード弾が加わり、敵の数は目に見えて減っていった。

「――そっちもだ」

海坊主がマシンガンの銃口を高く上げると、二階のフェンスと床が崩れ、銃を構えた三人の傭兵が落下した。

それで攻撃はひとまず収まった。美樹は動かない傭兵たちを見渡し、ほっと息をついて口を開いた。

「片付いたわね」

「雑魚《ざこ》はな」

海坊主は気を緩めずに答えた。まだ戦っていない相手がいる。

「え?」

「………」

海坊主の言葉に応えるように、廊下の先でエレベーターが開き、サングラスをかけた髭面の巨漢——喫茶キャッツアイの襲撃を指揮した隊長が降りてきた。海坊主は険しい表情になって、

「きさまだけは許さん」

「ほう」

隊長はエレベーターの戸口に立ち、愉快そうに唇の端を歪めた。

「ならば獲物を使わず、素手で決着をつけるってのはどうだ?」

ホルスターから悠然と銃を抜き、崩れた岩の上に置く。海坊主はマシンガンを美樹に手渡した。

「望むところだ」

海坊主は闘技場の戦士のように歩を進め、隊長はサングラスを投げ捨てた。二人は同時に腕を伸ばし、両手の指を絡めて力比べを始める。隊長は隙をついて右膝で蹴りを入れ、左の肘を顔面に打ち込み、海坊主を突き倒した。

隊長はジャンプして海坊主を踏み潰そうとする。海坊主は転がってそれを避け、隊長の胴を後ろから抱えると、空中で一回転させて床に投げつけた。

「……うう」

起き上がった隊長が海坊主を追い、海坊主はその顔面を靴底で蹴った。隊長はのけぞりながらも体勢を立て直し、回り込んでバックドロップを仕掛ける。投げられた海坊主は受け身でダメージを軽減し、肩から隊長に突進していった。

直撃を食らった隊長は壁を突き破り、オフィスルームに投げ出された。海坊主は腹に蹴りを入れ、前屈《まえかが》みになった相手の後頭部を組んだ拳で殴る。隊長は床に片膝をついた。

「くっ！」

半身を起こした隊長はズボンの裾を捲り、腿《すね》に潜ませていたサバイバルナイフを抜き、右手に構えて反撃のタイミングを計った。海坊主の顔に怒りが滾《たぎ》った。

「俺を本気にさせる気か？」

隊長がサバイバルナイフを振り、海坊主の戦闘服の腹部が裂ける。海坊主は次の攻撃をかわして隊長の右腕を掴み、自分の膝で力任せにへし折った。

「ぐああっ！」

激痛に呻く隊長を軽々と担ぎ、杭《くい》を打つように脳天から床に叩きつけると、海坊主は不機嫌そうに鼻を鳴らした。

「ふん！」

12

ドローンと蜘蛛型ロボットが全滅し、鋼の死神も墜《お》ちた。武器商人たちは想定外の事態に言葉を失い、プレゼンルームに混乱が広がっていた。

「今回は残念だったが、これさえあれば」

御国はメビウスシステム端末のケースを閉じ、場にそぐわない余裕の面持ちで言った。冴羽を殺せなかったのは誤算だが、起動実験としては十分だ。ブレードを強化する、レーザーサイトを不可視にする、誘爆の対策を図る——そんな課題が得られたことも収穫だった。

「——そこまでだ」

業を煮やしたヴィンスが席を立ち、武器商人の前を横切った。

「今後は私が指揮を執る。メビウスを渡せ」

威厳のある声だった。御国はケースのグリップを強く握って気色ばんだ。

「ふざけるな！」

「土壇場で感情に流される人間など、私は認めない」

ヴィンスがそう告げる間に、傭兵は香をヴィンスの前に連行していた。

「渡すつもりはない」

御国が吐き捨てるように拒絶すると、ヴィンスは懐から拳銃を抜いた。ジェリコ941——通称ベビーイーグルの銃口が香に向けられる。

「この女を殺す」

意表を突かれて動揺しながらも、御国はとっさに命令を下した。

「なにをしている氷枝！　ヴィンスを拘束しろ！」

「…………」

氷枝は困惑して目を逸らした。御国は傭兵たちに視線を移すが、誰一人として動こうとはしない。

「お前たち……」

「馬鹿が。これが本当に力を持つということだ」

ヴィンスが嘲《あざけ》るように言い、御国は両手でケースを抱きかかえた。

「メビウスは私のものだ！」

「ほう。ならば答えは決まったな」

ヴィンスが香の額に銃を突きつける。香は思わず目を閉じた。

「…………！」

一発の銃声が轟《とどろ》いた直後、ヴィンスの額には穴が穿たれていた。御国の手には拳銃があった。有事に備えて懐に忍ばせていたシグ・ザウエルＰ２３０だ。

ヴィンスの体が床に倒れ、香は恐る恐る目を開けた。

「御国くん……」

「今この時から、私がウォーフェア・メーカーだ。異議を唱える者はいるか？」

御国は朗々と宣言した。傭兵たちに戦意はなかった。氷枝が首を横に振り、武器商人たちも一様にかぶりを振る。ヴィンスのボディーガードは抜きかけの銃を懐に戻した。

御国が言葉を続けようとした矢先、廊下で立て続けに銃声が響き、ヴィンスのボディーガードと傭兵たちが銃を構えた。

「…………！」

ドアが大きく開き、非常階段を上がってきた獠が現れた。飛び込みざまにコルト・パイソンを二発撃ち、ボディーガードと傭兵の一人が倒れた刹那《せつな》、移動しながらさらに二発。二人目の傭兵も倒れ、銃をはじかれた氷枝が痛みに手を押さえる。プレゼンルームに火薬の匂いが漂った。

「——来るな！」

御国はケースを提げた左腕で香を拘束し、右手でこめかみに銃を突きつけ、窓ガラスのほうへ後ずさった。

「それ以上近づくと、香がどうなるかはわかるな？」

御国は低い声でそう脅したが、香の心に恐怖はなかった。御国と対峙《たいじ》する獠の背後では、武器商人たちが部屋を抜け出そうとしていた。

「もう逃げ場はない。諦めろ」

獠が振り返りもせずに言うと、武器商人たちは一斉に廊下に飛び出した。もはや彼らを気にする者はいない。

「やめて御国くん。もう終わりにしよう」

香は説得しようとするが、御国はそれを聞いて激しく逆上した。

「まだわからないのか。私は手に入れるんだよ。誰も逆らえない本当の力を！」

御国は窓ガラスを撃った。砕けたガラスがビルの外に散り、下方からローターの音が聞こえてくる。脱出用の小型ドローンだった。

ドローンは窓の高さまで上昇し、機内から梯子《はしご》を出した。御国は香を室内に突き飛ばし、ケースを持ったまま梯子に足を載せた。

「そうはさせない！」

「よせ、香！」

獠が止める間もなく、香は窓枠を蹴って飛び、結束バンドで縛られた両手で梯子の下端にぶら下がった。二人分の重量を抱えたドローンは危なげに揺れ、壁伝いに右へ進んでいく。獠はコルト・パイソンを構えるものの、ドローンはビルの角で右折して死角に消えた。

「ちっ！」

獠が銃を収めようとすると、頭上からふわりと投げ縄が降ってきた。それは獠の腹でぎゅっと引き締まり、人間の体重を支えられる状態になった。

「へ？」

「さっさと行けっ！」

縄の端を握った海坊主が、問答無用とばかりに獠の尻を蹴飛ばした。

13

「うおあああああ――」

窓から放り出されて宙吊りになった獠は、振り子の要領で大きくスイングし、体をビルの角まで届かせた。死角だった空間が右手に広がり、二人の背中とドローンが視界に入った。

体がスイングの頂点に達した瞬間、獠は素早く引き金を引いた。御国の指先でグリップが砕け、端末のケースは人工林の真上に落ちていく。

「ああっ！」

御国は激しく狼狽しながらも、落下するケースを注視していた。ケースは柔らかい地面を転がってすぐに止まる。中身に損傷はなさそうだった。

いっぽう狙撃の成功を察した海坊主は、自分の仕事は済んだと判断していた。

「く……重いぞ！」

引き揚げてやるのも面倒だ。海坊主は縄から手を離した。

「え？」

宙に放たれた獠は人工林の茂みに突っ込み、折り重なった枝や葉を緩衝材にして、生傷を増やしながら地表に近づいていった。

ドローンが数メートルの高さまで降下し、香は思いきって梯子から飛んだ。草地を転がって起き上がると、ケースの傍らに降りる御国が見えた。これが最後の機会になる。香は覚悟を決めて歩き出した。

「…………」

ケースを拾って脇に抱えた御国は、香の気配を感じて振り返った。その手には拳銃が握られていた。

「撃つの？　さっきは助けてくれたのに」

香は淋しげに相手を見つめると、静かな口調でそう訊いた。

いっぽう獠を探しにきた冴子と亜衣は、草むらの中で事態を見守っていた。

「信じましょう、二人を」

冴子が諭すように言い、亜衣は目の前の光景に集中した。

「さっきのは強い者が正義だと教えてくれたお礼さ」

「…………」

「だが、俺を理解できない君は、もはや拭い去るべき汚点の一つだ」

目に狂気が宿っていた。香は毅然として視線をぶつけた。

「御国くん。本当に強いのは、自分の力を人のために使える人よ」

「さようなら、香」

御国は引き金に指をかけた。香の顔に悲しみが広がった。

「…………」

遠い風の音を聞きながら、香は緩やかに首を傾けていく。御国がその先に見たものは、自分に銃口を向ける獠の姿だった。

コルト・パイソンの弾丸は香の髪を揺らし、シグ・ザウエルの銃口を貫き、その銃身を破裂させた。御国の手からケースが落ち、金具が外れて蓋が開いた。

「くっ！」

獠は膝をつく御国の横を通りすぎ、香の背中に歩み寄った。香は振り向いて穏やかに微笑んだ。

「獠……ありがとう」

「当然だろ」

獠が真剣な笑顔で答える。やり取りを眺めていた亜衣は、初めて見る二人の信頼の表情に目を奪われていた。

「きさま！」

御国は痛む手を押さえ、殺意に満ちた眼差しを獠に注いだ。

「よくも俺の！　俺の未来を！」

「あいにく、お前の未来になんざ興味はない」

獠は香の手の結束バンドをナイフで切りながら、

「お前の最大のミスは、俺の依頼人を苦しめたことだ」

「…………」

冴子に肩を支えられて草むらを出た亜衣は、三人のいる場所に足を向けた。御国をちらりと一瞥した後、促すように獠に声をかける。

「――冴羽さん」

あとは伝えるまでもなかった。獠はコルト・パイソンをメビウスシステムの端末に向けた。

「なに!?」

御国が色を失った。

「やめろ!　これはお前の父親の遺産だぞ!」

「違う!」

亜衣は自分の胸に手を当てた。

「本当に大切なものは、ここにある」

父が遺したものは兵器なんかじゃない。その想いと信念は自分の中に受け継がれている。亜衣がゆっくりと頷き、獠はトリガーを引き絞った。放たれた弾丸は端末を破壊し、電子基盤の破片が飛び散った。

端末があれば複製は可能だったが、唯一の完成品は失われた。酒井純一はもういない。野望の終焉《しゅうえん》を見せつけられた御国は、力なくその場に座り込んだ。

「ごめんね、パパ」

家族を守ろうとした父を誤解し、その願いを拒絶した。もっと早く気付いていれば、伝えられる言葉があったはずだ。亜衣の頬を一筋の涙が伝った。


その頃、逃走を図った武器商人たちはヘリポートで失神していた。

タワーの最頂部にある尖塔《せんとう》では、彼らを片付けた来生三姉妹が髪をなびかせ、それぞれの笑顔で地上の出来事を見届けていた。

14

交戦の跡も生々しいドミナテックタワーの前庭には、警視庁のパトカーと装甲車が詰めかけていた。大勢の警察官に囲まれ、投光器のライトに晒されながら、ロープに繋がれた傭兵たちが装甲車に収容されていく。武器商人たちは別の装甲車に乗せられ、氷枝はすでに連行されていた。

警察官に挟まれて歩く御国は、植え込みの先に立つ香に目をやった。いくつもの感情が混ざり、言葉が泡のように浮かんでくる。誰がなにを間違えたのか、自分は本当に敗れたのか——まだ結論は出ていないはずだ。

装甲車のドアが閉まる音がした。香が御国のほうに顔を向け、二人の視線が不意に重なった。

「…………」

香のまっすぐな眼差しに耐えきれず、御国は俯くように目を逸らし、無言でパトカーに乗り込んだ。

「軍事用ドローンを積んでいたタンカーも押さえた」

現場の指揮を執っていた下山田は、仕事を完遂した充実感に浸っていた。

「お前が協力してくれたおかげで大手柄だ」

冴子のアドバイスと人脈に頼ることで、プロの傭兵や武器商人まで確保できた。想像以上の大収穫だった。

「さすが、公安さんの情報は確かだったわね」

冴子が追従《ついしょう》するように言った。下山田は自慢げに腕を組んだ。

「当然！」

「かっこいい！　じゃあ、園内の後始末もお願いしちゃおっかなー」

祈るように指を組んでねだる冴子。下山田は鼻息を荒くして、

「任せておけ！」

胸を張ってそう宣言してから、ふと違和感を覚えた。

「……ん？　あ？」

園内の光景が頭に浮かんだ。クレーターのできた岩山。崩落した橋。破壊された林。今後の処理と再建の手間は計り知れない。

「ええーっ！」

嵌められたことを悟った下山田は、腹の底から悲鳴を上げた。

「――また俺を利用しやがったな！」

「あら、なんのこと？」

ポルシェにもたれて休んでいた冴子は、獠の怒りを飄々《ひょうひょう》と受け流した。

「亜衣ちゃんに俺の所へ行けって教えたのは冴子だろ！」

今にも噛みつきそうな勢いだった。香と亜衣は少し離れて二人を眺めていた。

冴子は怪訝そうに瞬きをして、

「へえ？」

「で、俺に情報を流して、武器売買も阻止！」

「へ〜え？」

冴子は上目遣いになって嘯《うそぶ》いた。獠は懐から帯状のものを取り出し、横断幕のように両手で高々とかざす。冴子に切られた回数券を作り直したものだ。

「貸しもっこり九十九発！　ふっかーつ！」

猿が意気揚々とそう主張し、冴子はお決まりの展開に脱力した。

「あら」

香が肩を落として長い溜息をつき、亜衣は呆れ果てて呟いた。

「元気な奴……」

15

内装修繕工事が始まった喫茶キャッツアイでは、海坊主が請求書の金額に愕然としていた。

「そんなに高いのか!?」

「だって、レベルⅢAの防弾ガラスですよ。どんな喫茶店ですか、ここ?」

ガラス屋が不思議そうに訊いた。その後ろでは二人の作業員が分厚いガラス板を持ち、修復中の壁に埋めようとしている。

「――お届け物よ」

玄関のほうから美樹の声がした。

配達員が台車で運んできたのは、高さが一メートルほどの段ボール箱だった。

受け取りを済ませた美樹はカッターナイフで紐《ひも》を切り、梱包を解いて蓋を外した。

そこには見覚えのあるものが鎮座していた。

「なっ!?　お前は、うみこ……」

海坊主は手を伸ばそうとして、警戒するように動きを止めた。一緒にスプーンを磨いたロボットはあいつだけだ。新品では意味がない。

「ウミコボウズ、ダヨ」

ロボットが自分を指差して言った。

「教授が直してくれたの」

美樹がそう説明すると、海坊主はロボットを抱きしめて号泣した。

「うおーっ!　海小坊主ーっ!」

新宿駅の復旧は急ピッチで進んでいた。

猿たちは新南口の広場に立ち寄り、線路を見下ろせるテラスに立っていた。

「あたし、学校に戻るよ。誰かのために医師として戦いたい」

亜衣が屈託のない口調でそう伝えると、猿はほっとしたように言った。

「お父さんも喜ぶ」

「頑張ってね」

香が晴れやかに微笑んだ。もうすぐ新年度が始まる。復学するにはぴったりのタイミングだ。

「いつかあたしにも見つかったらいいな」

亜衣は眩《まぶ》しげに目を細めた。香がなにげなく相槌《あいづち》を打つと、亜衣は一拍置いてこう付け加えた。

「——お二人のような、間に誰も入れないくらいの最っ高のパートナーが」

「えっ⁉」

「はいっ、香さん」

亜衣は香の反応を楽しみながら、後ろ手に持っていた封筒を差し出した。

「なに？」

香は封筒を受け取った。中身に心当たりはない。亜衣はあえて答えずに、軽く手を振ってみせた。

「じゃあね」

「ああ」

獠が肩の荷が下りたとばかりに応じ、香は小さく手を振り返した。広場の下を中央線が走り抜けた。駅舎やバスターミナルに傷跡はあるが、街は変わらずに動き続けている。

駅の改札口に向かっていた亜衣は、ふと振り返って満面の笑みを浮かべると、

「――どうかお幸せに！」

そう叫んで走り去った。獠はわけがわからないという顔になった。

「なに言ってんだ？」

釈然としないのは香も同じだった。ヒントを求めて封筒を開くと、入っていたのは一枚の写真――ウェディングドレス姿の香を写したポートレートだった。

「あの時の……」

ずいぶん昔のことに感じられた。獠はそれを横から覗いて、

「やっぱ、いつもと変わんねえな」

興味なさげにそう独白すると、ポケットに手を入れて歩き出した。

「ちょっと！　それもう一回言う⁉」

香が憮然《ぶぜん》として背中を追う。獠はその声に安らぎながら、聞こえないようにそっと呟いた。

「俺にとってはいつも変わんねえよ。綺麗なもんも、一番大事なもんも」

エピローグ

「――冴子さんが借りを返すって!?」

家電量販店の並ぶ通りを歩きながら、香は思いがけない言葉に耳を疑った。

「そっ!」

獠は懐から出した回数券を両手で広げ、弛《たる》みきった顔で答えた。

「ついにこれを使う時がやってきた!」

「でも、どうしてここなんだろう?」

全身から邪念を漂わせる獠とは対照的に、香はあくまでも冷静だった。

冴子の指定した場所――新宿駅東口の地下に着いた瞬間、香は見慣れた場所の変化に気付いた。

「あーっ、これ!?」

壁際に懐かしいものがあった。濃い緑色の黒板と白いチョーク。昔ながらの伝言板だった。要件を書くスペースの一行目には、冴子の文字で「これで借りはナシよ♪」と記されている。

茫然と立ち尽くす獠の横で、香は満足げにうんうんと頷いた。

「やっぱり、伝言板ってこれだよね!」

「…………」

ショックでしばし放心していた獠は、やがて天に向かって絶叫した。

「こんな借りの返し方、おれは認めねーぞーっ!!」

そして別の日。その金髪女性はハイヒールの靴音を響かせ、伝言板の前で足を止めると、チョークを手にしてこう書き込んだ。――「XYZ」。

本書は、映画『劇場版シティーハンター〈新宿プライベート・アイズ〉』（原作・北条司、総監督・こだま兼嗣、脚本・加藤陽一）の小説版として著者が書下した作品です。

なお、本作品はフィクションであり実在の個人・団体などとは一切関係がありません。

徳間文庫

劇場版《げきじょうばん》シティーハンター

〈新宿《しんじゅく》プライベート・アイズ〉

公式ノベライズ

2019年2月15日 初刷

原作 北《ほう》条《じょう》司《つかさ》
脚本 加《か》藤《とう》陽《よう》一《いち》
著者 福《ふく》井《い》健《けん》太《た》
発行者 平野健一
発行所 株式会社徳間書店
東京都品川区上大崎三―一―一
目黒セントラルスクエア 〒141―8202
電話 編集〇三(五四〇三)四三四九
販売〇四九(二九三)五五二一
振替 〇〇一四〇―〇―四四三九二
印刷 図書印刷株式会社
製本 ナショナル製本協同組合

ISBN978-4-19-894435-3 (乱丁、落丁本はお取りかえいたします)

徳間文庫の好評既刊

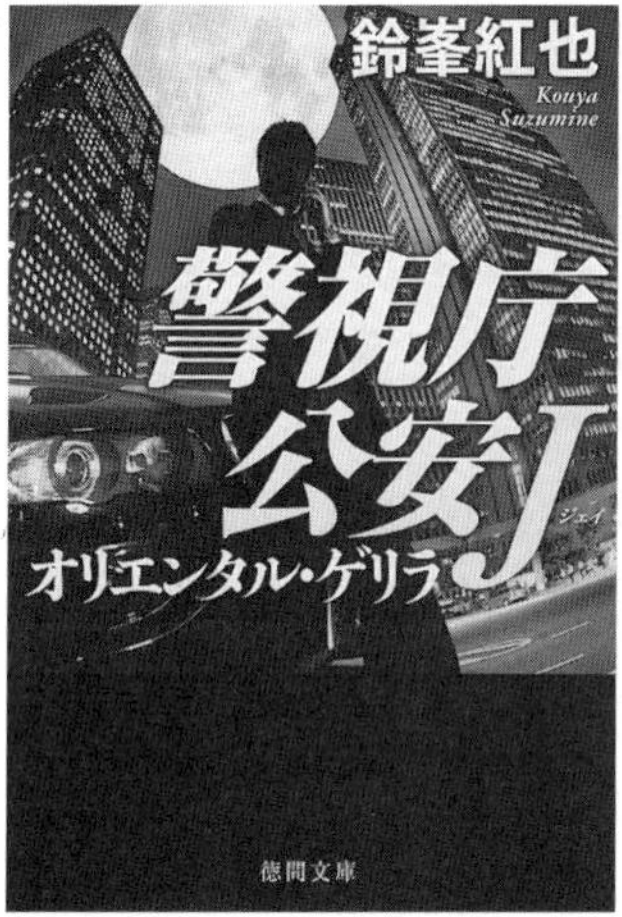

鈴峯紅也
警視庁公安J
オリエンタル・ゲリラ
書下し

エリート公安捜査官・小《こ》日《ひ》向《なた》純《じゅん》也《や》の目の前で自爆テロ事件が起きた。犯人はスペイン語と思《おぼ》しき言葉を残すものの、意味は不明。ダイイングメッセージだけを頼りに捜査を開始した純也だったが、要人を狙う第二、第三の自爆テロへと発展してしまう。さらには犯人との繋《つな》がりに総理大臣である父の名前が浮上して…。1970年代当時の学生運動による遺恨が、今、日本をかつてない混乱に陥《おとしい》れる！